中國古代神話

袁珂　編著

商務印書館

中國古代神話

編　　著：袁　珂

責任編輯：葉常青

出　　版：商務印書館（香港）有限公司

　　　　　香港筲箕灣耀興道3號東滙廣場8樓

　　　　　http://www.commercialpress.com.hk

發行公司：香港聯合書刊物流有限公司

　　　　　香港新界大埔汀麗路36號中華商務印刷大廈3樓

印　　刷：美雅印刷製本有限公司

　　　　　九龍觀塘榮業街6號海濱工業大廈4樓A室

版　　次：2020年7月第6次印刷

　　　　　©2005 商務印書館（香港）有限公司

　　　　　ISBN 978 962 07 1743 7

　　　　　Printed in Hong Kong

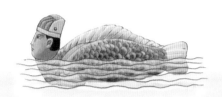

目　錄

袁珂和中國古代神話

　　袁珂（1916-2001）自小喜歡童話、神話、傳說一類人民口頭的文藝創作。青年時曾致力於文學，興趣很廣泛，甚麼體裁的文學藝術都試寫一番，甚麼書籍都讀，不加選擇。他自謂那個時候走過不少彎路，學問也非常浮淺，但勤奮讀書寫作，倒是實在而不諱的。當年紀漸長，知識逐漸積累，袁珂想到該是好好選擇人生目標的時候了，便慢慢從文學之中理出一條路來，集中力量研究神話。

　　袁珂後來涉獵到古書裡的神話資料時，既驚訝於其豐富美麗，但又不能不婉惜其零零碎碎，就開始把他們綴集起來，以平易近人，深入淺出的筆法，寫成一部較有系統的完整的書，就是《中國古代神話》。想不到這小小的本子甚受讀者歡迎，在短短五年之內竟重印了六版。有見及此，袁珂便搜集資料增補，寫了一本篇幅較長的版本，同樣名叫《中國古代神話》，是神話研究和愛好者的進一步研究參考書。

　　袁珂研究神話，不僅與他的志趣有關，而且也跟1919年五四運動前後的潮流大有關係。當時受到歐洲的影響，中國產生了各種新的思潮。中國在三千年前（約在周朝）開始了人文化的運動，不是認為神話荒誕，因此不去重視，就是用合理的角度去解釋它，例如夔一足（夔這種動物只有一隻腳），孔子覺得很奇怪，於是解釋為夔這個人有一個就夠了。這樣神話就逐漸湮沒，變成古書裡零零碎碎的東西。到了二十世紀，思想改變了，學者見希臘羅馬神話光輝燦爛，照推想，號稱五千年文明古國的中華民族也應有自己的神話才對；如果有，也該加以搜集，保存它原來的樣子，並且好好地研究出一個脈絡來。因此聞一多、魯迅、鄭振鐸等學者，開始認真地研究中國神話，也吸引了年青人加入研究，袁珂就是其中一位。

袁珂全心全意研究神話，結果成為研究中國神話的泰斗。他寫了很多研究神話的書，除《中國古代神話》以外，還有《古神話選繹》、《山海經校注》、《神話論文集》、《中國神話傳說詞典》、《中國神話史》等等。

序　言

　　寫這本小書，時間雖然只費了兩三月，可是卻嘗味了種種的辛苦，但也終於完成了。在這無星的夜，推窗望遠，淡水河彼岸的燈光熒熒，在拂面的夜風中，我吁出了一口如釋重負的氣。

　　中國古代神話的資料，僅存零星片段，散見群籍，且常矛盾錯亂，翻檢和整理皆難。又兼古代歷史和傳說未分，人話與神話混淆，着手工作，更是步步荊棘。限於時間學殖，實在不能期以精湛的研究。這裏只是繫事於人，勾畫了一個古中國神話的大略輪廓。自維難免粗疏，然而也可謂是既竭愚才了。

　　神話是文學的泉源，是民族性的反映，我們不能因它的荒誕就忽視了它的重要。我願少年朋友讀了我的這本小書，多少能夠從中得益。古英雄博大堅忍和犧牲奮鬥的精神，是值得我們學習的，雖然我們不必以英雄自期。

　　本書共分五章，首章係介紹神話大貌，其餘分寫女媧、黃帝、羿、鯀、禹的事蹟，附帶涉及的人神如應龍、精衛、形天、蚩尤、夸父……凡數十餘，勉強有了一個大綱，使散珠碎玉得以網羅；而還有遺漏者，則實在是寫不進去的緣故，只得割愛了。這樣的寫法，是一種創新的嘗試，雖有時尚嫌枝蔓，倒也不無心得。

　　各個故事既是由神話片段寫集而成，片段與片段之間的空隙，如何彌補，也使撰者很費躊躇，只得出以推理的想像，因此或中夜而廢寢，或繞室而徬徨，自謂是用了一番苦心，然是否有當，還須待教於高明。

神話、傳說與仙話，錯出諸書，區界本難，而標準的神話如“夸父逐日”“形天斷首”之類，又所存不多，選取自不能過於嚴謹。因而後起的傳說及略帶仙話味的神話，也都斟酌採用。但如真是道家方士的胡說，則一概摒除，以存太古初相。

本書應該是純粹的故事體，但有時為了闡明事實的源流，又不得不雜以議論式的敘述，這或者會減低閱讀的興味，無可奈何，只得請讀者不要純粹拿讀故事的眼光來讀本書就好了。

“深入淺出”這話說來容易，實際上卻是一個高遠的著述理想。以我的薄才，雖然是用了心力，究竟也還不能達到這一步階梯。因此本書入既不能夠“深”，而出又不能夠“淺”，成為現在的光景。倘或青年朋友，讀了還能感覺興趣，略窺我國古代神話的端倪，著者就深以為喜了。

第一章

我們怎樣看神話

第一章　我們怎樣看“神話”

神話的起源

要知道甚麼叫做神話，先要明白神話的起源。

神話起源於古代，當世界還在蠻野蒙昧的狀態中，原始人類對於大自然所發生的各種現象：例如風雨雷電的擊搏，森林中大火的燃燒，太陽和月亮的運行，虹霓雲霞的幻變……驚奇而得不到解釋，於是以為定有一種超人的物事在作這些現象的支配者，這類超人的物事，原始人就叫它做“神”，由此而產生的一些荒誕的傳說，就叫做“神話”。

原始人的世界，白天和夜晚又常是不大分得開的，醒覺和做夢也沒有多少區別。白天的經歷，有時在夢裡化裝出現，成為種種奇物異象，醒來以後，記憶殘留腦膜，還以為是實在看見過的東西，輾轉相傳，也可以產生出種種神話。

原始時代，語言的幼稚模糊也是產生神話的重要原因。那時人類發音的機構還不能夠靈活的運用，語彙更是簡單貧乏；要使別人明白自己的意思，必須伴隨着手和腳的誇大的表演。由於這樣傳播出去的一件事，當然容易更加誇大而失真，終至於成為神話了。

在那時候，風有風神，火有火神，太陽有太陽神……大自然的一切，都受着神的支配。

不但是大自然，就是圍繞在原始人周圍種種怪奇的生物，原始人也會以為它們是神。因此中國有龍神，印度有牛神、蛇神，別的民族更有拿河馬、鱷魚、狼、

獅、象、袋鼠……等來當神
崇拜的。

原始人對於"神"的觀念

"神"在原始人的觀念中，和"怪"是具
有幾乎相同的意義的。他們崇拜神，多半
並不因為神的可親，反倒是因為神的可
怕，他們希望神不要降災禍給他們。所
以原始人的神，往往有着一副奇異古
怪的形貌。例如中國
古代傳説中的神
罷：海神禺疆是人面鳥身；雷神
是龍身人頭；女媧是人面蛇
身；奢比尸神是人面犬耳獸身
——都是一些介於人獸之間的
怪物。

"神"的進化

後來人類的智識逐漸發達，
神也才跟着有了美化的進步。人類把自己的形貌賦予他
們所崇拜的神，神開始不再是可怕而變為可親的了，這
時人類不但希望神不要降災禍給他們，更進一步還要祈
求神給予他們福惠；大多數的神於是便成為人類的保護
者。

二千年前希臘神話裡的諸神，已經是文化進步美化
了之後的結果，所以男神都是氣概昂藏的勇士，女神都
是美麗無瑕的少女；只有半人半馬神還留下野蠻的遺

跡，沒有褪盡。中國的神，在秦以後大約也都演變做人的形貌了，就連我們現在祀的龍神，多半也塑作王者打扮的形狀。只有雷公的鳥形尖嘴，還略存原始信仰的真相。

從多神到一神

上帝的出現應該在風、雷、龍、蛇……諸神之後。那時人類一定已經開始從野蠻進入到文明的初期，散居在各地的小部落，由於戰爭和婚姻關係，兼併成了幾個大部落。地面上出現了雛形的國家組織，產生了號稱帝王的領袖，反映到天上，人們設想那裡必然也應當有一個像下方的帝王一樣的最高統治者，來統轄他們先前信奉的諸神，因此所謂"上帝"的那個至尊無上的神就產生了。

從多神到一神，是人類文明進步的表徵。天上的神國，就是地上人國的影子。神和人一樣也有情慾，能飲食，而且具有善惡的秉性。善神保護人群，惡神殘害世間，他們互相戰鬥，結果善常勝惡，恰如人們心底的期望。

人神混居的時代

曾有一段時期，傳說中神和人是混居在一起的，那時天上人間，並沒有距離的劃分，神的兒子常和人間的女郎結婚，人間的英雄也可以匹配天女，上天下地，無不自如。但雖說如此，戰爭、災禍、疾病、死亡的痛苦，光臨到人也同樣光臨到神，世界並不是純粹無憂的樂園。

本來，在當神被人格化了以後，神就是英雄，英雄也就是神，歷史和神話，揉攪成了一片，再也分不出清楚界限來。

例如中國古代，黃帝、顓頊、帝嚳、堯、舜是下界的人王，可同時又是天上的上帝；羿、鯀、禹、祝融、共工是天神，可同時又是地面上的英雄；究竟他們是從天上被搬到地面上來的呢，還是原先都住在地面上，後來才升上天去的呢？這是一個難題，所以直到現在，歷史家們還都聚訟紛紜，得不到確實的解答。

中國神話散亡的原因

世界上的幾個文明古國：中國、印度、希臘、埃及，古代都有着豐富的神話，希臘和印度的神話更相當完整的被保存了下來；只有中國的神話，原先雖然不能說不豐富，可惜中間經過散失，只剩下一些零星的片段，東一處西一處的分散在古人著作裡，毫無系統條理，不能和希臘各民族的神話媲美，是非常抱憾的。

中國神話只存零星片段的原因，魯迅先生著的《中國小說史略》裡列舉了三點：

一、是因為中國民族的祖先居住在黃河流域，大自然的恩賜不豐，很早便以農耕為業，生活勤苦，所以重實際，輕玄想，不能把往古的傳說集合起來鎔鑄成為鴻文巨製。

二、又兼孔子出世，講究的是修身、齊家、治國、平天下的一套實用的教訓，上古荒唐神怪的傳說，孔子和他的學生們都絕口不談，因此後來神話在以儒家思想為正統的中國，漸漸都轉化做了歷史，不但未曾光大，反而又有散亡。

三、是神鬼不分的結果。古代天神、地祇、人、鬼，看來雖然有分別，實際上人鬼也可以化做神祇，人神淆雜，原始的信仰便無從蛻盡，原始的信仰保存，新的傳說便經常出現，舊傳說受了排擠僵死了，新傳說正因為它"新"，也發生不出光彩來，實在是兩敗俱傷。

　　上面所舉三點，更是最後一點具有獨到的眼光，看得極為深透。除此而外，我們還可以補充說說：歷史和神話的混淆也是使神話散亡的重要原因。

歷史和神話的混淆

　　歷史和神話為甚麼會混淆？這大約因為古代的神話在初民的眼光看來就是歷史；而今人看古代的歷史卻無非神話。不管世界上任何民族，都一定有一段神話的歷史期，不過有些民族，如希臘，很早就使歷史和神話分途了，所以希臘神話得到純美學的發揚。而中國則因為封建制度的延長，幾千年來，歷史和神話老是揉攪不清：歷史中常附會些神話的成分，而神話，往往又會給人們轉化做了歷史。前者我們且不要去管它了，單是"感生說"一項，就可以作為專題研究。後者則大部出於"有心人"的施為，儒家之流要算是作這種工作的主力軍。他們為了要適應他們的主張學說，很費了一點苦心地把神來加以人化，把荒誕不經的事來加以理性的詮釋。這樣，神話就變做了歷史。一經寫入簡冊，本來的面目全非，人們漸漸就只相信記載在簡冊上的歷史，傳說的神話就日漸銷亡了。

　　例子要舉起來是多的，如像黃帝，傳說中他本來有四張臉，卻被孔子巧妙地解釋做黃帝派遣四個人去分治四方（《太平御覽》七九又三六五引《尸子》）。又如"夔"，在《山海經》裡本是一隻足的怪獸，到了《書舜典》裡，卻變做了舜的樂官。魯哀公關於夔的傳說還有點不明白，便問孔子道："聽説'夔一足'，夔果然只有一隻足嗎？"孔子馬上回答道："所謂'夔一足'，並不是説夔只有一隻足，意思是説：'像夔這樣的人，一個也就足夠了。'"（《韓非子·外儲説》左下篇）孔子的解釋雖然不一定真有其事，但從這裡也就可以見到儒家把神話來歷史化的高妙。歷史固然是拉長了，神話卻因此而遭了厄運，經這麼一改變轉化，委實恐怕會喪失不少寶貴的東西，而從神話轉變出來的歷史也不能算是歷史的幸事。

研究中國神話的幾部書

《山海經》是唯一保存中國古代神話資料最多的作品，分十八卷，原題為夏禹、伯益作，但實際卻是無名氏的作品，而且不是一時期一人所作。內中《五藏山經》可信為東周時代的作品；《海內外經》八卷可能作成於春秋戰國時代；《荒經》四卷及《海內經》一卷當係漢初人作。裡面所述神話，雖是零星片段，還存本來面貌，極可珍貴。

其次在《楚辭》如《離騷》、《天問》、《九歌》……裡，也保存了中國南方的神話資料不少。尤其是《天問》一篇長詩，陸離光怪，可想見初民傳説的繁豐。可惜全詩是用問難語氣寫成的，正欲求其解答；我們不但解答不了，就連問語的原意，因他書無考，也每有無從索解之苦。

《淮南子》和《列子》裡也有着不少神話的片段：如女媧補天、羿射十日、龍伯大人之國……等，雖然部分已塗上了些道家的色彩，但是仍舊值得我們重視。

其餘如晉干寶的《搜神記》、王嘉的《拾遺記》、張華的《博物志》、梁任昉（？）的《述異記》，和題為漢東方朔撰實際上恐怕還是六朝文人手筆的《神異經》等書，雖然出世較晚，卻也搜羅進了一些近於原始的神話資料（自然中間或許已經有了相當的改變），仍可供我們作研究神話的參考。

此外在《穆天子傳》、《竹書紀年》、《呂氏春秋》、《韓非子》、《莊子》、《左傳》、《國語》……諸書裡，也可找到零星的神話片段，或可看出神話蛻變為歷史的跡象，例子很多，不勝枚舉。

我們為甚麼要研究神話

我們為甚麼要研究神話？這要回答起來，是有好些理由可說的。

第一，因為神話的本身就最富於興趣，它是文學的情人，美術和宗教的母親。世界上無論哪一種宗教莫不以神話來做奠基的磚石；美術如繪畫雕刻初期也大多取材於神話。神話對於文學更是有很大的影響。它給文學以生命的泉源和詩歌的靈感，文學靠了它才永遠顯得美麗而年青。大家都知道歐西文學有兩大來源：一是希伯來神話，另一是希臘神話；由於這兩股水源的灌注，歐洲大陸的文學在文藝復興時代終於開放了燦豔的花朵，一直到現在還覺得鮮妍。又如我國古代作為南方文學代表的《楚辭》，接受了文學泉源的灌溉，也同樣開放了何等豐美瑰奇的藝術之花！所以凡是文學藝術的愛好者和研究者，都該對於神話有相當的瞭解。

其次，神話雖然不是歷史，但卻可能是歷史的影子，"是歷史上突出的片段的紀錄"（翦伯贊：《中國史綱》）。要把神話人物當作一個個古先帝王看，固然是荒謬絕倫，可是一概抹煞神話事跡所暗示的歷史內容，也不妥當。例如黃帝和蚩尤的戰爭，當暗示蒙古高原系人種和南太平洋系人種在中原的接觸；昆侖山和西王母的故事，當暗示"諸夏"之族和"諸羌"之族的文化交流（同上書）。所以我們研究神話，也能從神話的暗示中尋出歷史的真象。

再其次，神話又是地方性和民族性的反映。論地方性，南歐神話的明麗和北歐神話的陰鬱自然不同；論民族性，印度神話皇華的玄想和日本神話澀味的誇誕也各各兩樣。研究神話，就能夠瞭解國民性的根源，哪些是從我們祖先傳留下來的好的成分？哪些是壞的成分？還有哪些是本來好中途卻變壞了的成分？好的就該發揚，壞的就該醫治。從我國保留下來的古代神話的片段如像"夸父逐日"、"女媧補天"、"精衛填海"、"鯀禹治水"……所記述的事跡看，我們的民族，無用自愧地說，誠然是一個博大堅忍，自強不息，富於希望的民族。神話裡祖先們偉大的立人立己的精神，實在值得作為後代子孫的我們去學習，去發揚。

可是我們研究神話，卻要認清目標，要將神話從歷史中分別開來，我們前面已經說過了。其次還要分別神話和傳說，神話和仙話。更不要讓神話墮進仙話的泥潭裡。

神話和傳說

甚麼是神話，甚麼是傳說呢？這是很難遽下斷語的。大略說來：古代的傳說，我們叫它做神話；後世的神話，我們叫它做傳說。精密一點地說，神話演進，作為神話裡的主人公的漸接近於人性，敘述這漸接近於人性的主人公的事跡的，就是所謂傳說。傳說裡敘述的，或是古代勇武的英雄，如擒封豕、斷修蛇的羿；或是天上癡情的兒女，如一年一度在鵲橋相會的織女和牛郎；或是關於事物起源的推尋，如槃瓠、蠶馬的故事。總而言之：傳說和神話的不同，是傳說已隨着文明的進步，漸排斥去神話中過於野蠻的成分，而代以較合理的人情味的構想與安排，從神話演進為傳說，我們也就可以看出野蠻和文明的距離了。

神話的演變

西王母神話的演變可以供給我們一個類似的例子。據《山海經》裡描寫，西王母本來是一個"豹尾虎齒"、"蓬髮戴勝"掌管瘟疫刑罰的獰厲的怪神，有三隻青鳥替他採尋食物。到《穆天子傳》：周穆王坐了他的八匹駿馬拉的車子到昆侖山去見了西王母，西王母和他詩歌唱答，這時西王母竟儼然是一個氣象雍穆的人王。稍後《淮南子》裡便有"羿請不死之藥於西王母"的話，則西王母更從凶神一變而為吉神。到託名班固作的《漢武故事》，西王母已經被望文生義，變作了西方的一個"王母"；只是文詞尚簡，三隻青鳥也還沒有變化。到稍後一點也是託名班固作的《漢武內傳》裡，同一故事就更加被鋪揚刻畫起來，這西方的"王母"遂進一步成為"年三十許"，"容顏絕世"的美麗女人，從前替他採尋食物的三隻青鳥，也都一變而為董雙成、王子登……一群漂亮活潑的侍女了。回頭再來看看那住在山洞裡的"豹尾虎齒"、"蓬頭戴勝"的另一個西王母，豈不是有天淵之隔！

這種變化，大約還是文人們有意的修改和增飾，尚不能看做是由神話自然地演進為傳說。但野蠻到文雅的過程卻是一樣表顯出來的，只是影響所及，已經足以教神話趨於滅亡，而代以類似傳說的瞎謅，使一般人都迷惑在裡面罷了。

神話和仙話

連帶也就說到神話和仙話的相異。例如關於盤古的神話，徐整的《三五歷記》（《藝文類聚》卷一引）說盤古生在混沌如雞子的天地中。忽然天地開闢，陽清為天，陰濁為地，以後天每天升高一丈，地每天加厚一丈，盤古的身子每天增長一丈。過了一萬八千年，天升得高極了，地變得厚極了，盤古的身子也長得長極了。這種說法，設想雖已較高，尚可略見初民傳說本貌，還不失為好的神話。可是一到道士們的著作裡，卻完全變得胡說八道了。例如《元始上真眾仙記》裡就這麼記載着，大意說：當天地未分的時候，就有一個自號為“元始天王”的盤古真人遨遊其中，後來天地分開了，盤古真人便去住在玉京山上的宮殿裡吸天露，飲地泉。若干年後，山下石澗的積血裡又生出一個“天姿絕妙”的女人來，叫做“太元玉女”。盤古真人下山遊玩看見她，就和她結婚，並且引她到上宮去同居。以後他們生了一個兒子，名叫“天皇”，又生了一個女兒，名叫“九光玄女”……等等。我們看這豈不是道士們的胡說八道嗎！

仙話主要的特色，正像道教的教義一樣，是以個人享受，利己主義為前提的，所以仙話中絕產生不出神話裡面女媧、鯀、禹一類犧牲奮鬥的英雄，我們很容易分辨。

　　但是局部滲入神話裡面的仙話，要分辨卻難了。例如《淮南子》裡"羿請不死之藥於西王母，姮娥竊以奔月"的記述，想來是滲入了仙話的成分，而我們通常仍舊當它是神話。又如前面所舉西王母演變的例子，也正是神話裡滲入了仙話成分的結果。其餘例如傳說黃帝乘龍登仙，大禹得道屍解，也都是這種情形搗的鬼。研究神話，應當在這些地方多多留心才好。

第二章

世界舞台的開幕

第二章　世界舞台的開幕

關於天地開闢，人類誕生的神話，我們有的材料實在太少了。盤古的傳說一直到三國時代才出現，女媧雖然在《山海經》和《楚辭·天問》裡就已經看見了她的名字，但卻沒有事跡，到漢朝初年的《淮南子》這部書裡，才有了關於她的較詳細的記述。這些後出的上古神話，雖然大抵根據民間傳說，多少卻也經過歷史家的歷史化，和文人的修改潤飾，怕不免要失掉些原始的真相的。

但不管怎樣，我們還是依着次序，來看看這些神話講的是些甚麼。

上帝因為蚩尤作亂"絕地天通"

我們在第一章裡說過：傳說中的上古，曾經有一段時期，人和神混居在一起，沒有分開。那時候上天下地，都極自由。可是不幸，據有的書上說，天上出了一個惡神叫"蚩尤"的，就利用這機會，偷偷到下方來，煽動下方的人民跟他造反，當初南方的苗民獨不肯跟從他，蚩尤就製作了種種殘酷的刑罰，來逼迫苗民跟從他，久而久之，苗民受不過這種種酷刑，又兼眼看見行善的受罰，作惡的有賞，就漸漸在罪惡的空氣裡泯滅了善良的天性，都跟着蚩尤作起亂來了。這一變，就變得比一般最初跟蚩尤作亂的人都要兇，那目的恐怕就是要幫助蚩尤奪過上帝的神座。這樣一來，據說大多數善良的百姓，因此便首先遭受了他們的禍害，於是那些無辜被殺戮死掉的冤魂，都跑到上帝面前去訴冤；上帝派人去查了一查，果然查出苗民的罪惡實在臭不可當。為了保護善良百姓，上帝就點齊天兵天將，到下方去給苗民一場痛剿。結果蚩尤被誅，苗民被滅，剩下少數的遺子，再也不成部族，完成了上帝的"天討"。

經過這場變亂的教訓，上帝思考着，覺得神和人混居在一起總是弊多利少的，將來難免沒有第二個蚩尤起來煽動人民，和他作對。於是他便命大神重和大神黎去把天和地的通路阻隔斷，叫人上不了天，神也下不了地：雖然大家犧牲自由，卻維持了宇宙的秩序和安全，應該是公認的好辦法。從此大神重就專門管理天，大神黎就專門管理地。管理地的這位大神黎，一到地上並且還生了一個兒子，名叫"噎"，長着一張像人的臉，沒有手臂，兩隻腳反轉過來架在頭上，在極西大荒中的一座"日月山"山上的"吳姬天門"中──這天門，就是太陽和月亮進去的地方──幫助他的父親管理日月星辰的行次：這樣一來，神人不雜，陰陽有序，人間天上，據說都各保平安了。

陰陽二神經營天地

上面所說，大約便是最早的關於天地開闢的神話。稍後一點，在另一部書裡所見到的，卻是這麼的記載，大意說，當上古還沒有天地的時候，世界的景象只是窈冥混沌，看不出一點形跡。混冥之中，慢慢生出了兩個大神，一個是陰神，一個是陽神，在那裡苦心經營天地；後來陰陽判分了，八方的位置也定出來了，陽神管天，陰神管地，就形成了我們的世界。

顯然，這神話是受了上面神話的影響產生的，加入了相當濃厚的哲學意味，在我們看來實在感覺不着興趣。

巨靈"造山川、出江河"

別的書上還記着一個叫做"巨靈"的大神，是和"元氣"一齊生下來的，又叫"九元真母"，本領極大，能夠"造山川、出江河"；看來，是有做造物主資格的了。但因它不過是道家方士的瞎說，也使我們只是覺得枯燥無味。

比較令我們發生興趣的，還是《山海經》裡所記載的兩個神——

燭龍和燭陰

一個是鍾山的神，名叫"燭陰"。這神的本領真大，眼睛一張開來，世界就變成白天，眼睛一閉攏來，世界就變成黑夜；吹氣成冬，呼氣成夏；不吃，不喝，不呼吸；一呼吸就成為風。人的臉，蛇的身子，紅色的皮膚；身子有千里長。居住在無臂國東邊的鍾山腳下。

另一個是章尾山的神，名叫"燭龍"。形狀也是人的臉，蛇的身子，紅色的皮膚。本領和燭陰差不多：閉上眼睛大地就成為黑暗，睜開眼睛大地又頓轉光明。也是不吃，不睡，不呼吸，卻能夠使喚風雨；他的神力又能夠燭照九重泉壤的陰黯。居住在赤水之北的章尾山上。

考究起來，這兩個神應該便是一個：燭陰就是燭龍。因為他們的形貌既然相同，本領也差不多一樣。就拿所住的地方來說罷：燭陰住在鍾山，燭龍住在章尾山，"鍾"和"章"兩個字聲音又相近，所以我們可以斷定這兩個神其實就是一個；只不過《山海經》的作者根據傳說的不同，將一個神分記在兩處罷了。照上面所說的情形看來，這燭龍神，做造物主的條件是夠的，但終於因為他還殘留着動物的形體，所以便沒有人當他做造物主了。

盤古的變化

鴻濛時代的這一段空白，直到中世紀的初葉才有人根據落後的南方民族的傳說，加入想像的成分，創造了"盤古"這個開天闢地的老祖宗，將它完美無缺地填補好了（註一）。

據說：當天地還沒有分開的時候，宇宙的景象就只是黑暗混沌成一團，好像一個大雞蛋。我們的老祖宗盤古便孕育在這個大雞蛋中。

他在這裡面一直經過了一萬八千年，有一天，這大雞蛋突然一聲響亮，破裂開來，輕而清的物事往上升變成天，重而濁的物事往下降變成地。盤古在天和地當中，也跟着不斷的變化：天每天升高一丈，地每天加厚一丈，

盤古

盤古的身子也每天增長一丈。這樣又過了一萬八千年，天升得極高了，地變得極厚了，盤古的身子也長得極長了。頭頂天，足踏地，站在天地的中央，身高九萬里，這巍峨的巨人，就是我們的老祖宗盤古。

他孤獨的站在那裡，又不知經過了多少年代，終於也和我們人類一樣地倒下來死去了。他死了之後，據說他的頭變做了四方的大山；他的右眼變做了太陽，左眼變做了月亮；血肉變做了江海，毛髮變做了草木：世界大體的輪廓，算是給盤古一個人在他生前和死後勾畫出來了。

關於人類誕生的各種說法

到這裡為止，天地是怎樣開闢的這問題，總算有了解答。但人類又是怎麼誕生的呢？

比較早一點的說法，誕生人類，也還是前面所說的那陰陽兩個大神的功績，當他們開創了天地之後，就把殘留在天地間的混濁的氣來變做了蟲魚鳥獸，把清明的氣來變做了人類。這類氣體變化的學說是沒有甚麼人相信的，所以後來竟湮沉下去，沒有發生多少影響。

晚一點的說法是盤古也有一個妻子，妻子當然會生兒子，人類就這樣繁衍下來了。這雖然是合理的論調，可是卻傷害了人們對於那偉大的盤古的幻想，所以畢竟還是沒有取得大眾的公認，沉淪了。

女媧和伏羲

倒是在這兩個時間中間的一個時間，出現了一種說法，說人類是上古一個名叫"女媧"的女神創造的，這既不平凡而又很近人情，結果贏得了大家的相信，"女娲造人"的故事便這樣的留傳下來，成了我們的神話中有趣的一根琴弦。

提起女媧，我們就想到另一傳說中的伏羲。伏羲又叫"宓（音伏）犧"或叫"庖犧"，也是我們祖宗裡面一個有名的人物，關於他的神話，現在已經幾乎沒有了，只知道他的母親華胥踐踏了雷澤裡面的巨人的腳跡，就懷了孕，生出他來，他又有一個名叫"宓妃"的美麗的女兒，因為在洛水裡淹死，便做了洛水的女神。剩餘的，就只有他畫八卦，作網罟，教人民吃煮熟的東西一類歷史上的事跡了。女媧和伏羲原是兩不相干的，但後世的傳說，女媧卻做了伏羲的妹妹，甚而至於做了他的妻子，卻非先前所能想到。我們如今所看見的漢武梁祠石室畫像裡刻畫的幾幅伏羲和女媧的畫像，腰身以上通作人形，穿袍子，戴冠帽，背上生翅膀，臉對着臉，男的手拿曲尺，女的手握圓規；腰身以下通作蛇軀，尾巴親密地互相交纏在一起。有的畫像中間還夾着一個小孩，雙腳捲起，手拉兩人的衣袖：一幅家庭行樂圖顯然呈現在我們的面前了。但是根據別的傳說，卻也並沒有這麼美滿。

最初女媧這名字的出現，只是在《楚辭·天問》裡，問了一個沒頭沒腦的問題，大意說：女媧的身體，是誰作成的呢？這問題確很奇，看它的意思似乎說女媧作成了別人的身體，她的身體又是誰作成的呢？替《楚辭》作注解的王逸先生根據別的傳說來把女媧的形貌解釋了一下，說她是人的頭，蛇的身子，這和武梁祠畫像裡所畫的是一樣了，可惜卻沒有說明她的性別。我們只得又去把最早編的第一部中國字典翻翻，在"媧"字的下面才見到了這麼的解釋：媧、是古時候的神聖女，化育萬物的人。這才確定了她是一個女性的天神。

女媧摶黃土造人

當天地開闢了以後，雖然大地上已經有了山川草木，甚或也有了鳥獸蟲魚，可是沒有人類，世間仍舊荒涼而且寂寞。行走在這一片荒寂的土地上的大神女媧，

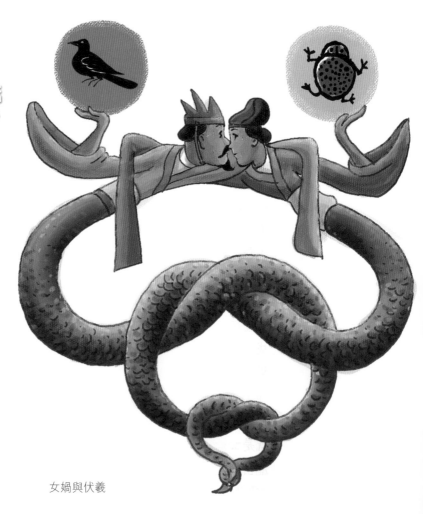

女媧與伏羲

她的心裡感覺着非常的孤獨，她覺得在這天地之間，應當添一點甚麼東西進去才有生氣了。

　　她想了一想，就蹲下身子來，掘了地上的黃泥，滲合了水，揉團成第一個洋囡囡樣的小東西。剛一放到地面上，說也奇怪，這小東西就活了起來，呱呱地叫着，歡喜地跳着了，他的名字就叫做"人"。人的身體雖然渺小，但據說因為是神親手創造的，形貌不用說也有幾分像神，和飛的鳥，爬的獸都不相同，看來似乎有管領宇宙的氣概。女媧對於她這優美的作品是相當滿意的，便又繼續用手揉團滲和了水的黃泥，造成功許多男男女女的人。赤裸的人們都圍繞着女媧跳躍、歡呼，然後或單獨、或成群地走散了。

　　心裡面充滿了驚訝和安慰，女媧繼續着她的工作，於是隨時有活生生的人從她手裡降到地面，隨時聽得周圍人們笑叫的聲音，她再也不感覺着寂寞和孤獨了，因為世間已經有了她所創造的兒女。

　　她想把這些靈敏的小生物來充滿在大地上，但是大地畢竟太大了，她工作了許久，還沒有達到她的志願，而她卻已經弄得疲倦不堪；最後，她只得拿了一條繩子——想來就是順手從山崖壁上拉下的一條藤罷，伸人泥潭裡，攪混了渾黃的泥漿，向地面上一揮，泥點濺落的地方，居然也還是成了呱呱的叫着，歡喜的跳着的一些小小人了。這方法果然省事得多，藤條一揮，就有好些活的人類出現，大地上不久就佈滿了人類蹤跡。不過這樣造出的人，雖然多，也就未免流於濫賤：所以後來據說那些富貴的人，就是女媧親手用黃土搏的人；貧苦的人就是從藤條上揮灑出來的人；我們想女媧的原來意思並不是要有這種分別罷？

大地上既然已經有了人類，女媧的工作似乎可以終止了；但是她又考慮着，怎樣才能使他們繼續生存下去呢？人類是要死亡的，死亡一批又再造一批麼，太麻煩了。於是她就把那些反正沒有多少要緊事情的男人和女人配合起來，叫他們自己去創造後代，擔負嬰兒的養育責任，人類的種子就這樣的綿延下來，並且一天比一天加多了。

水神共工和火神祝融的爭戰

當女媧創造了人類，又替他們建立了婚姻制度以後，許多年平靜無事。不料有一年，忽然水神共工和火神祝融不知為了甚麼打起仗來，水和火，我們可以想見，這兩種性質的東西定然是不能夠相容的，無怪他們終於會開戰了。這一打一直從天上打到凡間，結果依照了善常勝惡的原則，共工失敗，祝融勝利。氣得失敗的共工又羞又惱，再沒有臉面存活在世間了，就一頭向不周山碰去，這一碰不打緊，他自己倒沒有碰死，甦醒轉來，以後又去和治理洪水的大禹搗亂，可是撐天的柱子卻給他碰斷了，大地的一角也給他碰損壞了，世界因此發生了一場可怕的災禍：半邊天空坍塌下來，天上露出些醜陋的大窟窿，地面上也破裂做了縱一道橫一道的黑黝黝的深坑。在這種大變動中，山林起了猛烈燃燒的炎炎的大火，洪水從地底噴湧出來，波浪滔天，使大地成了海洋。人類在這種情況中已經無法生存下去了，同時還遭受著從山林中竄出來的各種兇獸猛鳥的殘害；我們想想，這時候的世界，豈不就是一幅活地獄的畫圖！

女媧煉石補天

　　女媧看見她的孩子們受這樣慘烈的禍災，痛心極了，沒法懲罰那死而復活的兇惡的搗亂者，只得又辛辛苦苦的來修補天地的殘破。她先揀選了許多五色的石子，架火將它們熔煉做液體，來把蒼天上一個個醜陋的窟窿填補好，仔細看雖然還有點不一樣，遠看去也就和原來的光景差不多了。又怕補好的天空再坍塌，便又殺了一隻大烏龜，斬下牠的四隻腳，用來代替天柱，豎立在大地的四方，把人類頭頂上的天空像帳篷似的撐起來。這以後她又才去收拾一條在中原地方為惡已久的黑龍；她殺了黑龍，又趕走了各種猛獸、兇鳥，使人類不再懼怕禽獸的禍患。然後她再把蘆草燒成灰，堆積加多，堙塞住了滔天的洪水。這一場災禍，總算給偉大的女媧一手平息，她的孩子們終於從死裡逃生，得到拯救了。

歸墟、五神山、龍伯國巨人

　　殘破的天地雖然給女媧修補好，但畢竟還是沒有恢復原先的狀貌，據說西北的天空，因此略略有點傾斜，所以太陽、月亮、星辰都不自覺的朝那邊跑，落向傾斜的西天；東南的大地，陷下了一個深坑，所以大川小河裡的水，也都不由自主地急急忙忙地向那邊奔流，將水源灌注在裡面，就成了海洋。

　　可是古代的人們，看見江河裡的水，日夜不息地往東流，卻替大海發起愁來了：大海雖然大，難道就沒有漲滿的一天嗎？假如溢出來怎麼辦呢？應徵這苦惱的問題，又才發生了另一種傳說，說在渤海的東面，不知道幾億萬里的地方，有一個大壑，這壑的深簡直就深得沒有底，名叫"歸墟"，百川海洋的水通通往這兒流，歸墟裡面的水總保持平常狀態，沒有增加也沒有減少。於是人們放心了，呵！原來還有這麼一個無底的大壑，來容受百川海洋的水，那麼就不必發愁了。

歸墟裡面，據說有五座神山，就是岱輿、員嶠、方壺、瀛洲、蓬萊。每座山的高和周圍都是三萬里，山和山的距離通常是七萬里，山上有金台玉觀，奇禽美樹，是神仙們住家的地方。可惜五座山都飄浮在大海中，下面沒有生根，一遇着風波，便會漂流無定，這對於神仙們彼此往來，很感覺着不便。他們就派了代表去向天帝訴苦，天帝委實也恐怕幾座神山漂流到天邊去，把諸神的住地喪失了；便叫海神禺疆，派十五個大烏龜，去把五座神山用背背起來。一個背着，其餘兩個便在下面守候，六萬年交代一次，輪流負擔。這樣神山穩定了，神仙們大家都歡喜無盡，平安地過了若干萬年。不料有一年，卻被龍伯國的一個大人來作了一次無心的搗亂：大約因為他閒着沒事，有些發悶，就帶了一根釣竿，到大洋中來釣魚。走不了幾步，五座神山就給他周遊遍了，舉起釣竿來一釣，接連一二地，便被他釣上來了六隻長久沒有吃食物的餓烏龜，他也不管三七二十一，把烏龜背在背上，就朝家裡跑；可憐岱輿和員嶠兩座神山就飄流到北極，沉沒在大海裡了；累得不知道多少神仙慌忙搬家，帶着箱籠帳被在空中飛來飛去，流着一頭大汗。天帝知道了這回事，大發雷霆，便把龍伯國的土地削小，把龍伯國人的身量縮短，到伏羲神農的時候，這一國人雖然已經縮短到無可再短了，但據當時一般人看來，也還有好幾十丈長呢。

"黃金時代"

話題收回來，還說到女媧的事。女媧費了很大的辛苦才把天補好，地填平；災禍平息了，人類獲得重生，大地上又有了欣欣向榮的氣象。春夏秋冬四個季節依着順序過去，該熱就熱，該冷就冷，一點也不出亂子。據說那時候惡禽猛獸死的早已經死了，不死的也漸漸變得性情馴善，可以和人類做朋友了。人類快樂地生活着，渾渾噩噩，無憂無慮。一會兒以為自己是馬，一會兒又以為自己是牛。大野裡多的是天然生產的食物，用不着去操心費神。懵懵懂懂的打發日子，吃飽了就睡，睡醒來又吃。生下的嬰兒便放在樹巔的鳥巢上，風吹巢動，勝過新式設備的搖籃。老虎豹子的尾巴可以拉着頑耍，踩了蟒蛇的身體也不怕受害。這大約就是後來一般人所理想的"黃金時代"的上古了。

女媧看見她的孩子們生活得好，自己心裡也很喜歡；據說她又造作了一種叫做"笙簧"的樂器——這樂器的形狀像鳳鳥的尾巴，有十三隻管子，能吹出清揚悅耳的樂聲，她把它當做禮品送給她的孩子們，從此人類的生活就過得更快樂了。這樣看來，偉大的女媧，她不單是創造的女神，她又是音樂的女神呵。

栗廣之野的十個神人

女媧做完了她的為人類的工作，也終於休息下來了。這休息，我們叫它做"死"，但女媧的死，卻不是滅亡，而是也像盤古一樣轉化做了宇宙間別的物事。例如《山海經》裡就這麼記載着，說女媧有一條腸子，化做了十個神人，住在栗廣之野，他們的名字就叫做"女媧之腸"。她的一條腸子還能化生做十個神人，我們就可想到她的全身體可能化生做多少令人驚奇的東西了。

"白銀時代"和炎帝的神話

女媧之後又出現了一個大神，就是太陽神炎帝。炎帝出來的時候，大地上的人類已經生育繁多，自然界出產的食物不夠吃了；這也就意味着人類的"黃金時代"已經過去，炎帝才教人類怎樣播種五穀，用自己的勞力來換取生活的資料，現在是降落到"白銀時代"了。但"白銀時代"畢竟也算是不壞的，人類共同工作，互相幫助，感情像

神農

弟兄姊妹般的親切。炎帝又叫太陽發出足夠的光和熱來，使五穀孕育生長，從此人類便不愁衣食，大家感念他的功德，稱呼他為"神農"。太陽是健康的泉源，所以他同時又是醫藥之神，傳說他自己嘗試過的百種草藥來替人類治病，他還寫了一部醫書，傳給世間。那時候生活在黃泥土上的人們，雖然需要汗流滿面地辛苦工作，但因為沒有主人，沒有奴隸，沒有欺侮和詐騙，飯是大家同吃，屋子是大家同住，衣服是大家同穿，倒也快樂而無憂。

關於炎帝的神話，現在保存的已經不多了，他已經從神變為人，成了我們偉大的祖宗之一。我們只知道他有一個孫子名叫伯陵的，和人間一個美貌的婦人，吳權的妻子阿女緣婦戀愛上而且有了關係了，阿女緣婦懷孕三年，生了鼓、延、殳三個兒子，殳製作了射箭的箭靶；鼓和延開始製作出一種叫做"鐘"的樂器，又製作了種種歌曲；音樂在人間便又進一步的展開了。此外，下方有一個國家叫做互人之國，一國的人通是漆黑的身子，這些黑人能夠乘雲駕雨，自由的上天下地，據說便是炎帝直接傳下的後代。他們所以黑，大約就是因為被他們的祖父特別愛顧，曬黑了的緣故罷。最後，還有一段炎帝小女兒女娃的悲壯的故事，這故事永遠感動着人們的心弦——

精衛填海

據說，女娃有一回到東海去遊玩，不幸海上起了風濤，就淹死在海裡，永不回來了。她的靈魂化做了一隻鳥，形狀有一點像烏鴉，名叫"精衛"。花頭、白嘴、紅足，住在北方的發鳩山上。她悲恨她年青的生命給無情的海濤毀滅了，因此她常銜了西山的小石子、小樹枝，投到東海裡去，要想把大海填平。我們想想，這樣一隻小鳥，在波濤洶湧的海面上，從高高的天空中，投下一段小枯枝，或是一粒小石子，要想填平大海，這是多麼悲壯！我們誰不傷念這早夭的少女？又誰不欽佩她的堅強的志概？她真不愧是太陽神的女兒，她在我們的印象中，也和太陽一樣，是萬古常新的。所以晉代大詩人陶淵明的讀《山海經》詩裡有兩句詩說：

"精衛銜微木，將以填滄海。"

一種哀悼讚美的情緒充分表現在詩句裡了。這種鳥，別的書裡還記載著她好幾種不同的名稱：又叫"誓鳥"或"志鳥"，也叫"冤禽"，民間又叫她做"帝女雀"。傳說的名稱有這麼多，我們就可以知道她是怎樣光輝地活在人們的心裡了。

顓頊和他的三個兒子

炎帝以後的一個大神，是黃帝，我們在下章裡便要講到他，現在且講後來代黃帝做了上帝的顓頊的事。顓頊是黃帝的曾孫，據《山海經》的記載：黃帝的妻子雷祖生了昌意，昌意降到下方的若水來居住，生了韓流，韓流的形狀很奇怪：長頸子、小耳朵、人的臉、豬的嘴巴、麒麟的身子、足是胼生在一起的，娶了淖子氏的女兒阿女，就生了顓頊。顓頊的形貌，大約也很像他父親。當他代替黃帝做了上帝的時候，那時人類的生活已經更不比從前了，大地上漸漸發生了一些陰黯的影子。身為上帝的顓頊，對於下方的人民似乎並不怎麼念顧，因為至今我們就在歷史書上也還沒有找出他念顧人民的事實。而派了大神重和大神黎去將天路阻隔斷的，據說就是這位上帝，從此人和神的距離遙遠了。先前有了痛苦的人們，可以直接去到神的面前，訴說他們的痛苦。現在神卻高高地坐在天庭，只是享受人類的犧牲和獻祭，卻未必有福佑的靈應。傳說顓頊有三個兒子，生下不久都死掉了，一個去居住在江水，變做虐鬼；一個去居住在若水，變做魍魎；還有一個便去居住在人家房屋的角落，專門叫人生瘧害病：三種鬼都是害人的東西，那麼他們的父親對於人類想來也不會有多少好處了。

"黃銅時代"的來到

神和人有了距離，影響到下方，人和人慢慢的也有了距離；一小部分人往高處爬，大部分的人就迫着向低處沉落。那爬向高處的，儼然也就是地面上的神。這時候的世間，"白銀時代"已經過去了，來到的大約就只能算是"黃銅時代"。雖然還沒有一口由天帝嫁奩給人間的不幸的箱子(註二)，人間實際上卻已經發生了種種的不幸。能夠給人帶來災厲的怪鳥和怪獸一天天地加多，在山林和水澤間也往往添生無數有勢力的神靈，人類隨時都在憂患和恐懼之中，睜着疑慮不安的眼睛苟且求生，世界已讓陰影來和明光交織成了一片。

奇怪的生物

例如據說有一種蛇，叫做"肥遺"，六隻腳四隻翅膀，當牠翱翔天空被人們看見的時候，大地上一定就會發生可怕的旱災。又有一種獸，形狀像牛，老虎的斑紋，名字叫做"軨軨"，當牠出現在世間，世間一定就會發生大洪水。又有一種獸，形狀也像牛，白的頭，只有一隻眼睛，尾巴像蛇，名字叫做"蜚"，牠經過水水就乾涸，經過草草就枯死，牠一出現在世間，天下就要發生大瘟疫。又有一種鳥，形狀像鶴，青身子，紅斑紋，嘴是白的，腳只有一隻，名叫“畢方”，那裡見了牠，那裡就會發生怪火。還有一種鳥，形狀像蛇，四隻翅膀，三雙眼睛，三隻腳，名叫“酸與”，見到牠的那地方一定就會鬧恐慌。還有一種獸，形狀像狐狸，白尾巴，長耳朵，名叫“狓狼”，牠出現在甚麼地方甚麼地方就會有兵災。這一類給人帶來災禍的奇禽怪獸，各地都有，人類的生活痛苦，牠們也就成了痛苦的標誌。

也有奇怪而不害人的生物，如像北海的大蟹，據說牠的背有一千里寬廣；又有陵魚，大約就是人魚，也生長在北海，人的臉，魚的身子，有手有腳；還有一種怪獸，是由三隻青獸的身體聯生在一塊的，名叫“雙雙”，生長在流沙的東面。

陵魚

也有一些不但無害，而且於人有益的生物：例如那四隻翅膀、一隻眼睛，加上一條狗尾巴的名叫"囂"的鳥，據說吃了牠就可以治肚子痛；還有那形狀像鯉魚卻長着一對雞足的"繁魚"，據說吃了牠也有消散瘤子的功能；其餘還有吃了可以不怕打雷的飛魚；可以叫人跑得快的狌狌；這些藥物雖然多，只可惜很不容易得到罷了。

至於拿人來當食物的鳥獸，卻也不在少數：如像北山的麂鴞、諸懷，西山的窮奇，南山的蠱雕，東山的猲狙，中山的犀渠，都是形狀怪異，性情獰猛，往往發出嬰兒啼哭般的叫聲，人類碰到牠們，就只有死沒有活的了。

兇惡的鬼神

說到山林水澤的鬼神，也是兇惡的，教人一見就怕的多，而善良的少。那到一處傷害一處人的大厲疫鬼伯強不用提了，其他例如人的臉、老虎的爪子、白尾巴，手拿大板斧，住在西方渦山上的刑神蓐收，八個人頭，十條尾巴，老虎的身子，住在夏州國和蓋余國附近的水神天吳，都似乎不大好讓人去和他們親近。還有如像住在光山的計蒙神，是人身龍頭的怪物，常在漳淵裡遊玩，進出一定就會伴隨着狂風暴雨；住在平逢之山的驕蟲神，人身子，脖子上長兩個腦袋，是一切螫蟲

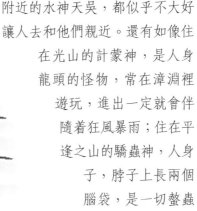

的領袖，因此他那兩個腦袋就做了蜂窠，讓蜜蜂們在裡面釀蜜；也教人見了就只得遠遠地走開。至於那常在清冷之淵遊玩，出入放光的耕父神，他一出現國家就會因之而敗亡；那住在滫水，形狀像牛，八隻腳、兩個腦袋、馬的尾巴的無名天神，他出現在那裡那裡就會發生戰禍；更是教人只有恐懼戰慄，不敢絲毫觸犯他們的了。

吉神泰逢

在諸般怪惡的神鬼當中，正也像潘杜拉箱子裡的"希望"一樣，還夾雜着一個善良的吉神泰逢，是和山的主神，形狀像人，並沒有甚麼奇怪，只在身子的後面多了一條老虎的尾巴，或說是雀子的尾巴——我們以為雀子的尾巴似乎更適宜於他的身份罷，這就會在他本來和善的狀貌中多加一點滑稽的意味了——他的神力據說能夠感動天地，興雲致雨，喜歡住在和山附近的蕢山南面，每進出的時候，身體的周圍也會伴隨着閃閃的光輝，卻不是惡神耕父的凶光，據我們想來，它應當是一種"吉祥止止"的可愛的光。這種光就是我們中國善良人民的希望之光，靠了它跌倒的人們又會自動爬起來，正在苦難中掙扎的人們會繼續掙扎下去。不過老實説：它也未免太微弱一點了，已經不是如今的我們所需要。

註一：　"盤古"當即是"槃瓠"的音轉，槃瓠則為苗傜民族傳説的始祖。《後漢書·南蠻傳》及《三才圖會》等均謂槃瓠是高辛氏一五色犬，因獻犬戎吳將軍頭有功，高辛氏妻以女，放之南山，生子女遂為南蠻。惟《搜神記》記載略異，謂槃瓠獻房王頭，生子女為犬戎。以證今日苗傜民族實情，則《搜神記》說較得原始傳說初相。惟不論如何，"槃瓠" 或 "盤古" 為一般苗傜民族所奉祀則無疑義。迨三國時代吳人徐整著《三五歷記》，始將盤古寫入其書，遂為開天闢地神話人物，亦遂為吾人所共祖矣。

註二：希臘神話謂周比特欲懲罰得到天上火種的人類，遂賜一美婦人潘杜拉（Pandora）與依辟美沙士為妻，後又使莫考萊負一箱寄頓彼所，潘杜拉好奇打開箱子，遂從箱中飛出無數害人小鬼，急合箱惟存善神曰希望未去。

趣味重溫
混沌世界

一， 你明白嗎

1. 萬事萬物都有來源，在盤古的神話故事裡，盤古和山川星辰有怎麼樣的關係？試配對一下。

   盤古頭髮 •　　　　　• 月亮
   盤古右眼 •　　　　　• 江海
   盤古左眼 •　　　　　• 太陽
   盤古血肉 •　　　　　• 草木
   盤古毛髮 •　　　　　• 四方的大山

2. 在神話中，共工一頭撞向撐天的柱子北周山，原本好端端的天空，西北的一邊就傾斜了，幸好得女媧修補好。那時候的天空是甚麼樣子？
   a. 像房屋一樣，有一個屋頂，有四個角。
   b. 像山頂上長出的大蘑菇，圓圓的。
   c. 像一隻帳篷，大地的四方用大烏龜的腳撐起來。
   d. 像一隻雞蛋，滑溜溜的。

3. 平常的鳥兒都是銜泥草築巢，精衛為甚麼偏偏要銜東西去填大海？
   a. 滄海的浪濤威脅精衛的生命，因此牠要填平滄海。
   b. 精衛本是炎帝的女兒，在大海淹死了，靈魂化為鳥兒，誓要報復，填平滄海。
   c. 精衛鳥為了表現牠堅毅、不畏艱難的精神，誓要填平滄海。
   d. 滄海的浪濤翻湧，快要威脅這個世界，因此精衛自知力量微小，誓去把滄海填平。

4. 在神話中，女媧是世界的母親，有很多創舉。請從以下各項，選出她為世界做過的事，在括號內填√號。

a. 造人類（　）

b. 把男女配合起來，幫他們創造後代（　）

c. 熔煉石頭補青天（　）

d. 殺黑龍、趕走各種猛獸兇鳥（　）

e. 把草燒成灰，堆積加多，堙塞滔天的洪水（　）

f. 造了"笙簧"樂器，送給人類（　）

二，　想深一層

1. 在神話中，西王母形象是不斷變化的，到最後竟變得與原本的完全不相同，試從表格資料中選擇，把這個演變記的細節填一填？（請參閱本書 p.18）

西王母神話演變記

	她的外貌或表現是怎樣的？	她是怎樣的一個神？
選擇項	a. 約三十多歲的美麗女人 b. 豹尾虎齒、蓬髮戴勝 c. 和周穆王以詩歌唱答	a. 能施不死藥的吉神，是西方的一個"王母" b. 掌管瘟疫刑罰的猙獰的怪神 c. 氣象雍穆的人王
西王母的本像		
變化		
後來的形象		

2. 在世界舞台開幕以後，初民經歷了"黃金時代"、"白銀時代"和"青銅時代"三個時代。以下哪些**不是**時代轉變的特點呢？請在括號內填√號。

a. 人類生育繁多，自然界出產食物亦相應增加。（　）

b. 上帝顓頊把人和神之間的天路隔斷，人不能直接到神的面前訴苦。（　）

c. 人和人之間愈來愈親密。（　）

d. 給人帶來災厲的怪鳥和怪獸一天天增加。（　）

e. 山林和水澤間也添生了無數神靈，隨時保護人的生命。（　）

3. 精衛為甚麼又叫做"誓鳥"或"志鳥"？試簡單解釋。

三，延伸思考

1. 中國神話說女媧用泥土造人，古希臘神話中，人也是神用泥土造的。為甚麼東西方民族的神話，都不約而同地說人是用泥造的呢？

2. 在以色列的神話中，神是按自己的形象做阿當的，因此可以推測神跟人的樣子差不多。有否想過，為甚麼造人的女媧卻是人首蛇身的？

3. 本章之末記下了不少古怪的生物和兇惡的鬼神，你想親眼看到哪一個？為甚麼？

第三章

黃帝和帝俊的神話

第三章　黃帝和帝俊的神話

研究中國古代神話的困難

中國這地方，在古代，原住着好些不同的民族；每個民族有他們奉祀的上帝鬼神，和他們所傳説的神話。隨着時間的進展，民族和民族間的宗教文化不斷地彼此吸收、改變，上帝鬼神的數目加多了，傳説的神話漸漸演化做了歷史，也常複雜而矛盾了。一件事情可能分派到幾個人身上，一個人也可能化身做幾個人。因此被天帝所殺的鯀，又會被堯舜所殺；帝嚳是堯的父親，考證起來，卻又是堯的女婿：叫研究神話的我們在這些地方總是大費腦筋。目前，以這麼一點既殘闕、又淆亂的揉混着人話與仙話的神話資料，要清楚有條理地寫出一個諸神譜系，像希臘神話那樣，是不可能的。所以在這一章裡，只得讓我們單把東方的殷民族所奉祀的上帝帝俊，和西方的周民族所奉祀的上帝黃帝的事跡來大略説一説。

帝俊、帝嚳和帝舜

帝俊，就是帝嚳，"俊"是帝嚳的名字，本作"夋"，也就是"舜"，甲骨文作"𦥑"，又作"夋"，此外還作別的許多大同小異的形狀，但都不出上面兩種的範圍。有人根據了第一種，説畫的大約就是猩猩；有人根據了第二種，説應該是鳥頭而人身的怪物。我們的看法卻比較地折衷。

先從文字看，夋的確畫的是一個鳥頭，他那鳥形的尖嘴，還顯着地伸出來；𦥑是比較簡單的畫法，鳥嘴雖不顯著，但既然和 同是一字，他的頭當然也只能是鳥頭而不能變為獸頭的了。可是下面的身子，卻不大像人的身子，因為好些這個字的圖形下面，還有一條短短的尾巴，如像 ，他那彎曲上翹的短尾更是顯明，人不會長着這種東西的，所以與其說他的身子像人，倒不如說是像獼猴。又還有一些圖形，畫作 ，似乎手裡還拄了一隻拐杖，大約真是如一般的説法：他只生了一隻腳。他的頭上，畫作 或 ，又似乎還生了兩隻角。綜合起來看，東方殷民族所奉祀的上帝帝俊，就是一個長着鳥的頭，頭上有兩隻角，獼猴的身子，只有一隻腳，手裡常常拿了一隻拐杖，弓着背，一拐一拐地走路的奇怪生物，這就是他們的始祖神了。

　　因為帝俊、帝嚳和舜都只是同一個人而名字不同，所以關於他們的神話都有共通的地方。

"天命玄鳥，降而生商"

　　如像帝嚳罷，據說他有兩個美麗的妻，是有娀氏的女兒，一個叫做簡狄，另一個不知道名字。兩姊妹居住在九重高的瑤台上，每到進飲食的時候，就有人在旁邊敲鼓作樂。天帝打發一隻燕子去看她們，燕子飛到她們面前，迴旋着，嗌嗌的鳴叫着，一時惹動了她們的歡喜，她們都爭着去捉捕這隻飛鳴的燕，終於被她們用玉筐蓋住在裡面了。停一會兒打開玉筐一看，燕子從玉筐中飛逃出來，向北邊飛去，不再飛回，裡面卻遺留下兩個小小的蛋。兩姊妹就只好失望的唱歌道："燕燕飛去了！燕燕飛了去了！"據說這就是北方最初的樂歌。

　　至於燕子遺下的那兩個蛋呢，據說給簡狄吞吃了，後來就有孕，生了殷民族的始祖"契"。也有說她和別的兩個女郎在河裡洗澡，看見玄鳥（就是燕子）從天空墜下一個蛋來，簡狄把這蛋搶來吃了，後來就懷妊生了契。說法雖稍微不同，事實卻只有一個：就是殷民族原是天帝派玄鳥下來傳留的後代。因此玄鳥又成為他們最初的始祖，鳥的嘴、獼猴的身子的夋，就是玄鳥的人格化。因為祖先崇拜，這人格化了的玄鳥，很容易的又被神格化做了天帝：成為帝嚳、帝俊、帝舜；歷史家又把帝嚳、帝舜從天上拖拉下來做了人王，所以當這段神話性的故事在歷史書上出現時，一個演員同時就扮演了三個角色：做人王的帝嚳、天帝、天帝的使者玄鳥，不知道三個角色原來都是玄鳥這個小鬼頭化裝玩出來的花樣呢！

寒冰上的棄兒

帝嚳開始人化的時候，傳說他有四個妻子，大的一個妻子叫姜嫄，是有邰氏的女兒；第二個便是上面說的有娀氏的女兒簡狄，第三個是陳豐氏的女兒慶都，生了堯；第四個是娵訾氏的女兒常儀，生了帝摯。

卻說姜嫄有一天出去到郊野遊玩，偶然發現地面上有一個大人的足跡，覺得很好玩，便想用自己的足去踏在這大人的足跡上，足跡很大，她的足踏不滿，剛剛踏到拇指的地方，就彷彿精神上受了一種甚麼感動，回來不久，就懷了孕，到時間生了一個孩子。這孩子生下來便很不幸，大約他是一個沒有爸爸的孩子，便被人拋棄在冷清的小巷裡。可是說也奇怪，小巷裡的牛羊都來看顧他，給他奶吃。人們見他不死，又把他拋棄在森林裡面，可是恰巧有人來砍樹，便收養了他。最後，惱怒的人們又將他奪過來拋棄在荒野的寒冰上，可是又有天上的鳥飛下來用翅膀遮蓋着他，使他溫暖。人們覺得奇怪，而且委實也軟了心。便跑過去一看：鳥飛去了，孩子正在寒冰上呱呱的哭泣。人們只得還是把他抱回來，讓他的母親撫育了他。因為他曾經被拋棄過，就給他取個名字叫"棄"。這棄，據說就是後來周民族的祖先，他從小就喜歡農藝，長大後教人民耕種田地的方法，所以他的子孫又尊稱他做"后稷"。

遺恨在湘江

舜和帝嚳一樣，也有兩個妻，一個叫娥皇，一個叫女英，都是堯的女兒。當舜南巡到蒼梧之野死掉的時候，他的兩個妻正留在湘水一帶地方。舜死的噩耗傳來，她們傷痛極了，都不自禁地悲哀的啼哭，眼淚灑在竹林上，竹林上通掛着了她們斑斑點點的淚痕，以後便有了斑竹又叫"湘妃竹"的這一種竹。後來她們也投身在湘水裡面死去了，成了湘水的神靈。當她們心境和悦的時候，就在秋風嫋嫋，木葉飄墮的光景中，出來在淺灘上徐舒地巡迴，遠遠就可以看見她們美麗的眼睛的閃耀。但倘使遇到心境不好，惹起了從前的悲恨的時候，她們進出江水，定就會伴隨着猛烈的風，狂暴的雨；而且在風雨中，還有許多形狀像人的怪神，站在蛇上，左手右手握着蛇，騰躍在浪濤之上；一群群怪鳥也趁機會出來在霧雨昏濛的天空中亂飛亂叫。我們可以想見這情景是多麼愁慘和驚心呵！

舜還有一個妻子，名叫登比氏，生了兩個女兒，一個名叫宵明，一個名叫燭光，住在黃河附近的大澤中。到晚上，從她們身上所發出的神光，把周圍百里的地方都照得清清楚楚的了。

太陽的母親和月亮的母親

帝俊的妻子有三個，一個叫做娥皇，和舜的一個妻子的名字完全相同，可見帝俊也就是舜。另外兩個，一個叫羲和，一個叫常羲。羲和是太陽的女神，生了十個太陽，她常在東南海外的甘淵地方沐浴早上的陽光，和她的孩子們一同遊戲。常羲是月亮的女神，生了十二個月亮，也常沐浴夜晚的月光，和她的女兒們閒話家常。

帝俊的子孫

帝俊不單生了太陽和月亮，地面上許多國家，也都是他傳下來的子孫。例如在大荒的東野，帝俊生了中容、司幽、白民、黑齒四國。內中司幽國最特別，他們分做男女兩個集團，男的集團叫做思士，不娶妻；女的集團叫做思女，也不需要有丈夫。但雖然這樣，卻是神妙得很，他們只要好像白鵠般的互相望一望，就能夠受感動，生出孩子來。

在大荒的南野，帝俊生了三身和季釐兩國。三身國的人一個頭三個身子。在大荒的西野，有西周國，也是帝俊生的。西周國的人姓姬，有一個人正在那裡耕地，名叫叔均。他的父親名叫台璽，台璽的哥哥名叫后稷，后稷和台璽都是帝俊的兒子，后稷把百穀從天上帶下來，於是叔均就代替他的父親和伯父播種百穀，開始把馴服了的牛用來耕田。

而且帝俊的子孫裡還有許多聰明能幹的人，發明了種種文化上的事物：番禺造船；吉光用木頭做車子；晏龍製造琴瑟；八個不知名的兒子創作歌舞；義均的心思和手段最靈巧，能夠製造種種工藝上的小玩意兒：上古文明的曙光在這時候便漸漸發射出來了。

五采鳥、鳳凰和玄鳥

　　帝俊在中國古代神話上的地位，無疑是很高。所可惜的只是關於他的傳說的記載都太簡略而片斷了，找不出一點故事。例如《山海經》裡有這麼一條：說大荒北野的衛于山邱，方圓有三百里遼闊，邱的南邊有帝俊的竹林，大的竹，剖開來便可以做船；雖然奇怪，卻也沒有甚麼趣味，只叫我們聯想到斑竹的故事上去。又如剩下來還有一條：說在人面犬耳獸身的奢比尸神的附近，有兩隻五采鳥，互相對面着在那裡拋擲泥沙，只有帝俊才肯下來和牠們交朋友，帝俊下方有兩座壇，也就是這兩隻五采鳥在替他管理；也使我們有點莫明其妙。

　　不過從五采鳥，卻又看出帝俊和帝嚳確是一個人的化身——

　　五采鳥，據說有三種：一種叫做皇鳥，一種叫做鸞鳥，一種叫做鳳鳥；其實都是古代所傳說的鳳凰。牠的形狀據說像雞，長着五采的羽毛，"飲食自然，自歌自舞"，只要牠一出現在世間，天下就會太平無事。所以連生在亂世的孔子也有"鳳鳥不至"的感歎，我們就可以想見牠的名貴了。其實鳳凰這種鳥類就是我們如今的孔雀（說見第四章），而傳說中的鳳凰更是玄鳥的神話

鳳鳥

化。最好的例子是記述簡狄吞燕卵生契的同一故事，《楚辭·天問》作"玄鳥"，《離騷》作"鳳鳥"，可見鳳鳥就是玄鳥。帝嚳有玄鳥來給他的妻生蛋，這裡帝俊也有五采鳥即是鳳鳥來和他做朋友；鳳鳥既是玄鳥，可見帝俊實在也就是帝嚳，而且很可能地，這兩位都是鳥類的化身呢。

關於帝俊的神話，現在就只剩下上面所寫的一點了，現在再來看看關於黃帝的神話——

黃帝和"皇帝"

黃帝，古書上也寫做"皇帝"，它的意思實在就是"皇天上帝"。"帝"字見於《詩》、《書》、《易》和甲骨文、鐘鼎文的，本來就指的是上帝。"皇"又是"帝"的形容詞，形容"帝"的光輝偉大。如像《詩大雅》説："皇矣上帝"，《小雅·十月》説："有皇上帝"，《魯頌·閟宮》説："皇皇后帝"，無非都是讚美上帝的莊嚴偉大。古時候國君都不稱帝，例如殷代以前只稱名或廟號，周代才開始稱王，從文王、武王到滅於秦的赧王都只是王。但是到了戰國末年，一群野心的諸侯，僭稱了王還覺得不夠，更紛紛稱帝，於是秦為西帝、趙為中帝、燕為北帝。到了秦始皇統一中國，索性更變本加厲，把"皇帝"兩個字都拉在自己的身上，自居為"皇天上帝"，以後就世代相沿下去，成了人間帝王的通稱了。

我們既然知道皇帝本來的意義是"上帝"，而且是周民族對於上帝讚美的稱謂；而"皇"和"黃"這兩個字又因音同義近而相通，從泛稱的"皇帝"即上帝，字變而為專名的"黃帝"，這也很是自然了。到"皇帝"

變為"黃帝"的時候，正因為是專名，所以幸而不幸人們又當他作了古代的帝王，神話又漸變為歷史，在這種改變中不知道又有多少寶貴的傳說歸於淪亡，我們除了歎一口氣外，實在也沒有別的法子可想。

昆侖山上的帝都

　　講到黃帝，首先就得講一講和黃帝最有密切關係的昆侖山。據說，在昆侖山上，有一座莊嚴華美的宮殿，是黃帝下方的帝都，也是他常來遊樂的行宮。管理這座宮殿的，是一個名叫"陸吾"的天神；他的狀貌極威猛：人的臉、老虎的身子和足爪，九條尾巴。他又兼管理天上九城的部界，和神苑裡栽培花木的事情。另外又有一隻叫做"鶉鳥"的小鳥，管理宮殿裡的用具和衣服。黃帝在辦公的餘暇，常常喜歡從天上降下這裡來遊玩。假如他高興，從這裡向東北散步走去，四百里的地方，便到了槐江之山，這就是有名的"縣圃"，又叫"平圃"或叫"元圃"：是黃帝在下方的一座最大的花園。因為他的位置很高，好像懸掛在半天雲裡，所以叫它做"縣圃"。"縣"就是"懸"字的古寫。管理這座花園的，是一個馬的身子、人的臉、背上長着一對翅膀、通身是老虎斑紋的名叫"招英"的天神。這天神常飛行高空，周遊四海，發出大聲的嘷叫。從這裡向南方望去，假如是夜晚，就可以看見昆侖山籠罩在一片熠耀的光輝裡，想來那座華美莊嚴的天帝的行宮也該在光輝裡隱約顯露出來罷。

　　昆侖山上面更有種種奇異的鳥獸草木：例如有一種獸，形狀像羊，頭上生四隻角，名叫"土螻"，人遇見牠就會給吃掉。又有一種鳥，像我們常見的蜂，有鴛鴦那麼大，牠的尾上的毒針，螫了鳥獸鳥獸就會死，螫了樹木樹木也會枯。再有一種樹，名叫沙棠，形狀像棠梨，開黃花，結紅果，果子沒有核，味道像李子，吃了可以使人在水裡面不會淹死。還有一種草，名叫薲草，形狀像葵，味道像葱，吃了可以叫人精神好。

我們再看看昆侖山頂上的情形：那上面四周圍繞着玉石欄杆，每一面有九口井，九扇門。進入門內，便是巍峨的帝宮，是五座城十二座樓所組合而成。最高的地方生長着一株長四丈、大五圍的稻子，牠的西邊有珠樹、璇樹、不死樹；牠的東邊有沙棠、琅玕樹，琅玕樹上能生美玉；牠的南邊有絳樹；北邊有碧樹、瑤樹。宮殿的大門，正對着東方，叫做開明門，迎接着旭日的光輝。門前有一隻神獸，身子有老虎般大，長着九個頭，九個頭都各有一張人樣的臉，威風凜凜地立在門前的岡巖上，守護着這座"百神所在"的宮城。

妖媚的武羅神

黃帝的行宮，除了這裡一處外，還有一處在青要之山（如今河南新安縣），規模比較小，有一個名叫"武羅"的神在這裡做管理。這武羅神，人的臉，身上是豹子的花紋，小小的腰肢，白白的牙齒，耳朵上穿着金鐶，鳴叫的聲音像佩玉的叮噹，很好聽；模樣看起來是不壞的。使我們很容易聯想到《楚辭九歌》裡的"山鬼"。據《山海經》所記，這地方對於女子又很相宜，因為附近有一種叫做"鵁"的鳥，青身子，淺紅色的眼睛，紅色的尾巴，形狀像野鴨，吃了牠可望生小孩子；又有一種草，叫做"荀草"，方桿兒，開黃花，結紅果子，吃了這果子可以叫人顏色美麗。那麼說這武羅神是一個像"山鬼"樣的妖媚女神大約是不錯罷。

黃帝拿玉膏做食品

距昆侖山不遠的一座峚（音密）山上，產生一種柔軟的白玉，從這種白玉中更湧出一種像脂蠟般的潔白光潤的玉膏來，黃帝就拿它當做每天的食品。剩餘的玉膏就用來灌溉丹木，過了五年，丹木就開出五種顏色的清芳的花朵，結出五種味道的鮮美的果子。黃帝又把峚山的玉的精華搬去種在鍾山的向陽處，後來鍾山也產生出了許多堅緻精密，潤厚而有光采的美玉來，於是天地鬼神都把這種玉來當做食品了。

五方的上帝

傳說中的黃帝，又是中央的上帝，其餘東西南北四方，各有一個上帝主管。東方的上帝是太皞，司春，輔佐他的是木神句芒；南方的上帝是炎帝，司夏，輔佐他

商大禾人面方鼎（傳說黃帝有四張臉，可同時照顧四方發生的事情。）

的是火神祝融；西方的上帝是少皥，司秋，輔佐他的是刑神蓐收；北方的上帝是顓頊，司冬，輔佐他的是水神玄冥。他自己則位居中央，輔佐他的是土神后土，后土替他掌管下方的事情——像這樣，整個宇宙統治情況，是非常完美而合於理想了。

鼓和欽䲹謀殺葆江

　　黃帝的相貌也生得極奇怪，傳說他長有四張臉。果然這樣，那麼對於作為中央上帝的他倒是很方便的，東西南北四方他都同時可以照顧到。任便甚麼地方發生了事情，總逃不過他的眼睛。

　　因此他對於那些意氣用事，常常發生鬥爭，甚而演成流血慘劇的天神，是最公平的裁判者。例如鍾山的山神有一個人臉龍身的兒子名叫"鼓"，和另一個名叫"欽䲹"的天神，合夥把一個名叫"葆江"又叫"祖江"的天神在昆侖山的東南面謀殺死了，這件事給黃帝知道，惹得他非常生氣，他馬上就派人到下方去，把他們一齊殺死在鍾山東面的"瑤崖"地方，給可憐的葆江報仇雪冤。可是這兩個兇徒還戾氣不散，欽䲹化做一隻大鶚，白腦袋，紅嘴殼，背上有黑色斑紋，鳴叫的聲音好像晨鵠，牠出現在世間，世間一定就要惹起猛烈的戰爭；鼓也變化做了一隻鵔鳥，形狀有點像貓頭鷹，紅腳爪，白腦袋，直嘴殼，背上有黃色斑紋，鳴叫的聲音也和大鶚差不多，牠出現在甚麼地方，甚麼地方就會發生可怕的大旱災。另外如像貳負神和他的臣子危共同謀殺了窫窳，把貳負神枷鎖在疏屬之山的那個天帝，也很有可能便是黃帝。這件事我們在下章裡還要講到。

黃帝的子孫

　　黃帝和帝俊一樣，也有許多子孫，有的是神，有的是下方的民族。例如人的臉，鳥的身子，耳朵上掛兩條黃蛇的海神禺䝞，就是黃帝的兒子，禺䝞又生了禺京，也是海神，他們一個管領東海，一個管領北海。此外如像鯀是黃帝的嫡孫，顓頊是黃帝的曾孫，火神祝融是黃帝的玄孫，犬戎、北狄、苗民、毛民這些荒遠的民族都是黃帝傳下的後代，黃帝實在是人和神共同的老祖宗，我們因此知道他為甚麼在人們的傳說中那麼偉大了。

黃帝在西泰山會合天下鬼神

　　偉大的黃帝，傳說他曾經在泰山上會合天下的鬼神，那時他坐在大象挽的寶車中，六條蛟龍跟隨在他的後面。畢方鳥給他駕車子——這畢方鳥，形狀像鶴，人的臉，白色的鳥嘴，青身子，紅色的斑紋，足只有一隻，叫的聲音就是"畢方！畢方"的，牠出現在那裡，那裡就會起怪火 （註）；蚩尤帶領着一群群虎狼走在前面開路；稍後一點是雨師和風伯打掃道路上的塵埃——風伯名叫"飛廉"，頭像雀，身體像鹿，蛇的尾巴，豹子的斑紋；雨師又叫"屏翳"或叫"雨師妾"，通身漆黑，兩隻手上有時各握一條蛇，有時各握一隻烏龜，左耳朵上掛一條青蛇，右耳朵上掛一條紅蛇；所有其餘的鬼神們便通跟隨在黃帝的車子後面，這些鬼神，有的馬身人面，有的鳥身龍頭，有的人面蛇身，有的豬身八足蛇尾……奇形怪狀，種種不一；更有鳳凰飛舞在天空，騰蛇 （一種生有翅膀的神蛇）伏竄在地上，我們可以想像這支隊伍的儀容是多麼盛大而威嚴了。黃帝高興起來，就製了一隻名叫"清角"的樂曲。這樂曲悲涼激越，真是能夠"動天地，感鬼神"。後來據說晉平公叫師曠奏了一曲《清角》，馬上就招來了大風大雨，以後又是三年的大旱，害得平公也躺在牀上生了重病——所謂根基淺的人還夠不上聽這種天樂呢。

蚩尤發動侵略戰爭

黃帝時代的一件大事，就是他和蚩尤的戰爭。這蚩尤，前面說過：不是還在泰山上帶領了一群群虎狼替黃帝開路嗎？為甚麼一下子又造反起來了呢？

原來蚩尤固然是天上的惡神，但也可說是一個兇惡的巨人族的名稱，古書上說：蚩尤一共有八十一個或七十二個弟兄，一個個的形狀都長得獰猛異常，銅頭鐵額，獸身人語。更有奇怪的民間傳說，有說蚩尤是"人身牛蹄，四目六手"的；有說蚩尤的頭上生有堅利的角，耳朵旁邊的毛髮直豎起來好像劍戟的：種種不一。總之，我們知道蚩尤是介乎神和人之間的不平凡的族類就行了。

蚩尤不但形狀奇怪，他吃的食品更是奇怪，他拿沙子、石頭、鐵塊來做他的家常便飯。他又善能製造各種兵器：鋒銳的矛、堅利的戟、巨大的斧、強固的盾、輕捷的弓箭……這些都是他的拿手工作；除此而外，他又更具有超人類的神力，我們馬上就要講到。大約正因為他的本領大，能耐強，漸漸不能安份守己，勃發了要想把那尊貴的上帝寶座奪來讓自己坐一坐的野心。當黃帝在西泰山大會天下鬼神的時候，蚩尤雖然也去參加，表示順服，但怎知道是不是他有意去看一看對方的實力如何呢？他看了，回來了，估計一下，覺得黃帝的排場雖然不小，究竟不過是排場罷了，真要講動起武來，他自信不一定就會是輸手的。

於是他就發動了他的早已經在磨拳擦掌等候着的弟兄們，決心去和黃帝見一個高下。正在昆侖或者縣圃的宮苑裡優遊自得，過太平日子的黃帝，忽然聽說蚩尤出動了大兵，要來和他爭寶座了，我們可以想見這時候他的驚惶和震怒。據古書上

蚩尤

說：他先用仁義來感化蚩尤，但是冥頑不靈的蚩尤卻不受他的仁義所感化。終於他也就只得用戰爭來對付戰爭了。

雙方軍隊的陣容

這場戰爭是猛烈無比的，蚩尤這方面的軍隊，有他們七八十個銅頭鐵額的弟兄；黃帝的軍隊，則除了四方鬼神之外，還有羆、熊、貔、貅、貙、虎種種野獸。正是所謂棋逢對手，各不相讓。他們主要的戰場在涿鹿，就是如今內蒙古自治區的涿鹿縣。

戰爭進行的開始，果然表顯出了蚩尤這方面軍隊的強悍，黃帝雖然有一大群野獸衝鋒陷陣，又有四方的鬼神來幫他的忙，究竟也還不是蚩尤的敵手，所以接連吃了好幾個敗仗，情形想來是相當狼狽的。

蚩尤作大霧

有一次，當雙方的軍隊正在原野上戰鬥正酣的時候，蚩尤不知道弄了一種甚麼魔法，造起了漫天的大霧來，把黃帝和他的軍隊團團圍困在核心，一個個銅頭鐵額，頭上生角的蚩尤弟兄就在霧中出沒，遇人亂砍亂殺，只殺得黃帝這邊的軍隊虎竄狼奔，馬嘶人吼，我們可以想見這是多麼慘烈的一場戰爭！後來幸虧黃帝手下一個名叫"風后"的臣僚，在忽促中運用鬼斧神工的能耐，製造了一輛名叫"指南車"的車子，這車子前面有一個鐵製的仙人，伸出手臂，正指向南方，靠了這輛車子的領導，黃帝才能統率着他的軍隊，衝出大霧的重圍。

天女魃和應龍的戰功

黃帝有一條神龍，名叫應龍，應龍生有一對翅膀，住在凶犁土邱山的南端，善能蓄水行雨。黃帝便叫應龍上陣去攻蚩尤。那知道蚩尤比應龍更厲害，蚩尤搬請了風伯雨師來，縱起一場大風雨，使應龍猶如小巫見了大巫，簡直沒法施展他的本領，黃帝只得又叫他的女兒上陣去助戰。

黃帝的這個女兒，名叫"魃"，住在係昆山的共工之台上，常穿一件青衣服，模樣並不漂亮，據說還是禿頭。但她的身體裡面卻裝滿了大量的炎熱，恐怕遠超過我們現在的熔鐵爐。她走到戰場上，說也奇怪，剎那間狂暴的風雨頓時消逝得無影無蹤，天空中又是紅日當頭，炎熱得比下雨以前還厲害，蚩尤弟兄個個驚惶詫異，應龍便趁了機會撲殺前去，結果成績還不壞：殺死了幾個蚩尤弟兄。

但是可憐的天女魃，幫助她父親完成了這件功業之後，大約因為用的力量太多，或者受了邪魔的沾染，從此她就只能留住在地上，再也不能夠上天了。她居留的地方，總是旱雲千里，顆雨全無。人民受她的災害極大，都非常痛恨她，叫她做"旱魃"。常常總要想方法來趕逐她，她就這樣被人們趕來趕去，到處都不受歡迎。其實她卻是一個無辜的犧牲者，是為了替父親爭天下而自己作了犧牲的。

特異的軍鼓

蚩尤又有飛騰天空或在險峻的山嶺上行走的本領；雖是在戰陣上喪折了幾個兄弟，但還有剩下的一大群人，首領安全無恙，所以仍舊聲勢浩大，黃帝對於這批兇惡的叛徒，還是愁着沒有辦法，而且他這邊軍隊的士氣又漸漸在低落了，也使他不能不在心裡暗暗憂慮。

終於後來給他想出了一個妙法，這妙法就是用一種特別的材料，製造一面特別的軍鼓，來振作士氣，制勝敵人。

原來在東海的流波山上，有一隻叫做"夔"的野獸，形狀像牛卻沒有角，蒼灰色的身子，足只有一隻，能夠自由地進出海水之中，每當牠進出的時候，必定伴隨着大風大雨，而且身上發出一種閃閃地像日月般的光輝，同時大張着口吼叫，聲音好像打雷。這種一足怪獸古時越國的人又叫牠做"山繅"，說牠有一張人的臉，猴子的身子，而且會說話，大概是傳聞不同的緣故。總之，牠不幸被黃帝看中了，便派人去將牠捉了來，剝了牠的皮，將這皮來晾乾製成一面鼓。

軍鼓有了，還差一個鼓槌。黃帝又打主意到雷澤中

黃帝大戰蚩尤

雷神的身上。這雷神，又叫"雷獸"，是一個龍身人頭的怪物，常無憂無慮地拍打着自己的肚子，在那裡頑耍。黃帝也派人去逮捕了他來，不由分說，將他殺了，從他身體內抽出一根最大的骨頭，當做鼓槌。

軍鼓有了，鼓槌也有了，黃帝就把雷神骨頭做的鼓槌，來敲打夔牛皮製成的軍鼓，兩件響東西碰在一起了，所發出的聲音竟比打雷還響，據說五百里以外也能聽見。

這面軍鼓被搬到戰陣上，一連擂了九通，果然山鳴谷應，天地變色，黃帝這邊軍威大振，卻嚇得蚩尤們魂喪魄落，不能飛也不能走了，黃帝的軍隊就在震耳的鼓聲中追殺上去，打了一個大大的勝仗，擒殺了好些蚩尤弟兄。

幽都的守衛者

這一次蚩尤的失敗，損失卻相當嚴重了，檢點剩下的人眾，已經不到半數，要不投降就只有全被殲滅，所以大家心裡都很恐慌。有人提議去請北方的巨人族夸父前來幫忙，這提議，馬上被多數人贊同了。

原來夸父族乃是大神后土傳下來的子孫。后土是幽冥世界即幽都的統治者。幽都在北海，裡面有黑鳥、黑蛇、黑豹、黑虎、黑狐，連人都是黑的。看守幽都門的就是巨人土伯，他長着老虎的頭，額上有三隻眼睛，彎着他像牛樣龐大的九屈的身軀，搖晃着一對堅利的角，張開了塗滿血污的手指，逐趕着幽都裡的鬼魂。這景象多麼令人可怕！我們可以想見那幽都之王后土的威嚴是如何了。

夸父追日

　　夸父族的人住在北方大荒中的一座叫做"成都載天"的山上，耳朵上掛兩條黃蛇，手裡把握兩條黃蛇。這一族人大約因為是神的子孫，性情比較和平善良。他們當中，只有一個人，曾做了一件傻事：

　　這愚頑的夸父族人，自己不量力，居然想去追趕太陽，和太陽賽跑。在原野上，他果然就邁開大步，如風的急馳，瞬息間已經超越千里。這一追一直便將太陽追到禺谷，禺谷就是虞淵，是太陽落下的地方。一團紅亮的火球就在他的當前，夸父已經完全在大的光明的包圍中了，他要想把這光明用雙手捉住。可是他已經奔跑了一天，疲倦極了，又兼太陽的炎熱烤炙着他，使他心裡煩燥而又口渴；他就伏下身子來，去喝黃河、渭水裡面的水，兩條江都給他喝乾了，口渴還是止不住。他又再向北方跑去，想要去喝大澤裡的水。還沒有到達目的地，他就在中途渴死了。臨死時候，他拋棄了手裡的杖，那杖落下的地方，忽而化做一片綠葉茂密、鮮果纍纍的桃林，給後來追尋光明的人們解除口渴，使他們趁着白天還在，繼續向前走路。

　　且說蚩尤族的人來見了夸父族的人，説出要請他們幫忙的意思。一部分夸父族人表示對於這種戰爭並沒有興趣，另一部分卻覺得反正閒着沒有事，去消遣消遣也好。而且有一點傻氣稟賦的他們，説不定還以為這就是替弱者打抱不平呢；於是，不幸的，少數人就捲入這場戰爭的漩渦裡面去了。

玄女傳授黃帝兵法

　　蚩尤得了夸父族人的幫助，聲勢一下子又重新整頓起來:像火堆裡添了柴,老虎添了翅膀;又和黃帝的軍隊成了勢均力敵、相持不下的局面。後來幸虧有一個人頭鳥身的婦人,名叫"玄女"的,是天上得道的女仙,來見黃帝,傳授她的兵法。黃帝得了玄女的傳授,從此行軍佈陣,變化不可捉摸。蚩尤和夸父雖然兇猛,但他們仗恃的只是力氣,究竟不能抵敵黃帝的謀略;所以終於還是他們失敗。在最後一場戰爭中,殘破的蚩尤和夸父的隊伍,便落入了黃帝軍隊的重重包圍。這時戰陣上應龍大顯神威:他翱翔天空,嘎嘎的怪叫;殺死一個個跑不走的蚩尤,又殺死許多幫兇的夸父。黃帝的軍隊合圍上來,那"力拔山,氣蓋世"的銅頭鐵額的蚩尤首領,就被生擒活捉住了。

但是可憐的建立了這麼大的功勳的應龍,也和天女魃一樣,受了邪氣的觸染,再也上不了天,他的主人似乎也像忘記自己女兒一樣將他忘記了。他從此就只好悄悄的去到南方的山澤裡居住,所以至今南方多雨。而南方以外的別的地方呢,一則因為有了天女魃的居留,再則又缺少在天廷掌管行雨的應龍,所以常鬧旱災。後來聰明的人民想出了一個辦法:便是每逢鬧旱災的時候,就集合眾人來扮做應龍的模樣,在地面上舞蹈,據說竟也因此常常得到大雨。

黃帝殺蚩尤

被活捉住的蚩尤首領,像這種萬惡的元兇,黃帝當然不會寬恕他的,所以馬上就在涿鹿地方將他殺掉。殺他時候怕他逃跑,還不敢把他手腳上的枷栲馬上除去。直到已經將他殺死了,才從他身上摘下血染的枷栲,拋擲在大荒之中。這枷栲登時化做了一片楓林,每一片樹葉顏色都是鮮紅，那便是蚩尤枷栲上斑斑的血跡，直到現在還在訴說着他的冤恨。

蚩尤的遺跡

蚩尤死了，除了楓林的傳說而外，民間還傳說着他種種的遺跡：

據説在解州（如今山西解縣）地方，有一個大湖澤叫做鹽澤，水色紅，水味鹹，位置在阪泉的下面，一般人都叫它做蚩尤血。

又據説晉朝時候冀州（如今河北高邑縣西南）地方有人掘得巨大的髑髏的碎片，銅鐵般堅固，想來便是當年蚩尤的骨頭了。還説有人得到一顆蚩尤的牙齒，足有兩寸長，也是堅固得用任何方法也敲它不破。

除此以外，更有奇怪的傳說，據説漢武帝時候，山西太原地方有蚩尤神白天顯現：烏龜的頭，蛇的足。

應龍

而漢代創製的"角觝戲"，晉代又新加入一些花樣的"蚩尤戲"，三三兩兩的人們，頭戴牛角，互相觸觝，想來就是模倣蚩尤在戰場上和敵人打仗的光景了。

夸父氏的後人

不管後世還有這許多遺跡，上古的巨人族蚩尤總算在黃帝時代就絕滅乾淨了。只有夸父一族，因為沒有全部捲人戰爭的漩渦，還幸存了些時候，成為後來的博父國。我們更在《列子》這部書上見到一段故事：説北山有一個叫"愚公"的老頭子，年紀已經九十歲了，因為他家的門前有太行、王屋兩座大山擋住了進出的道路，老早就感覺不方便，終於他下定決心，集合了兒子兒孫來，親自率領着他們，挑土擔泥，打算把這兩座大山搬到別處去。鄰居們都笑他傻，可是這傻老頭子卻向他們發議論説："你們不要笑我傻：我死了有兒子，兒子死了有孫子，孫子又會生兒子，我們世世代代的幹下去，那怕這山平不了！"這話不料被一個手裡握蛇的天神聽見了，就去報告上帝，上帝感念他的堅誠，就派了夸娥氏的兩個兒子去替他把門前的兩座大山背負在背上，一座搬到朔東，一座搬到雍南。這裡的所謂"夸娥氏"的兩個兒子，怕也就是"夸父氏"的兩個兒子罷？因為既然同是大力的巨人，"娥"和"父"聲音又很相近；是值得令人作這麼想的。

斷頭的形天

蚩尤之後，和黃帝爭那上帝的寶座的，形天應該也算是一個。形天想來原是一個無名的巨人，因為和黃帝爭神座，被黃帝砍掉了他的腦袋，斷首殘身，這才叫他做"形天"的。關於他的詳細故事我們現在已經不清楚了，只知道在常羊山，他被黃帝砍掉腦袋，這無頭的形天，於是憤怒的用他的兩乳來當做眼睛，用肚臍來當做嘴巴，仍舊左手拿盾牌，右手拿板斧，在那裡揮舞不息。幾千年後晉代大詩人陶淵明的《讀山海經》詩裡有"形天舞干戚（干就是盾，戚就是斧），猛志固常在"兩句，來讚美這失敗英雄的雖遭失敗，而還能夠奮鬥不懈的精神，可說是並沒有過譽。

註：《山海經・西次三經》："有鳥焉其狀如鶴，一足，赤文青質而白喙，名曰畢方，其鳴自叫也，見則其邑有譌火。"又《海外南經》："畢方……人面一足"。

趣味重溫

帝王傳說

一， 你明白嗎

1. 據神話所説，中國人先祖之一的周民族，其祖先"棄"是怎樣生出來的？
   a. 他母親吃了玄鳥下的蛋，懷孕生了他。
   b. 他母親在郊野看到大人的足跡，踏在拇指的地方，便懷孕生了他。
   c. 他母親在郊野看到大人的足跡，踏在食指的地方，便懷孕生了他。
   d. 他是由天上來的玄鳥叼來的。

2. 在中國神話中，初民不少生活和文化方面的事物，都是由帝俊的兒子創造的。試把以下的人物和所做的事物正確配對。

帝俊的兒子	好事物
后稷 ●	● 造船
叔均 ●	● 把百穀從天上帶下來
晏龍 ●	● 用木造車子
番禺 ●	● 播種百穀，又用馴服了的牛耕田
義均 ●	● 製造琴瑟
吉光 ●	● 製造各種工藝上的小玩意兒

3. 鳳鳥、五采鳥和玄鳥經常在神話中出現，按作者所説，牠們其實是現今的甚麼鳥？
   a. 鳳凰   b. 雞
   c. 孔雀   d. 鸞鳥

4. 試選正確答案填入空格。

(1) 神話中有不少奇怪的神人，成語故事“愚公移山”的愚公是神人
　　__a__ 的後代，他繼承了祖先 __b__ 特質，因而要去移山。

　　a. 后稷族人 / 夸父族人 / 羿族人 / 蚩尤族人
　　b. 勤奮 / 不屈不撓 / 勇氣 / 傻氣

(2) 黃帝這位中原各民族的祖先和領袖，在穩得天下之先，曾和蚩尤打了
　　幾場硬仗。黃帝後來得了 _a_ 的幫助而戰勝蚩尤，因為那人授了 _b_
　　給黃帝。

　　a. 大禹 / 應龍 / 玄女 / 天女魃
　　b. 天書 / 兵符 / 兵法

5. 神話中，黃帝出巡大會群神的派場不小。他的隊伍怎樣排列？由哪些
　　人物組成？各負責甚麼工作（如有）？試把各項資料配對起來。
　　（按：只有三組人物要負責工作）

排列次序	成員	負責工作
最前 •	• 畢方鳥 •	• 打掃道路上的塵埃
其次 •	• 六條蛟龍	• 在前面開路
第三 •	• 蚩尤及一群群的虎狼 •	• 為黃帝駕駛車子
第四(黃帝車後) •	• 其餘的鬼神	
第五 •	• 雨師和風伯 •	

6. 神話之中，不少神人的形象都很突出。試填上以下空格，重現武羅神
　　和形天的鮮明形象。

(1) 武羅神的臉是___a___，牙齒__b__，耳朵上穿着___c___，叫聲
　　像 __c__，很好聽，身上有__e__，腰肢__f__。作者用__g

_____ 這個形容詞來形容她。

(2) 繼蚩尤之後，還有形天曾和黃帝爭寶座。後來他被黃帝砍掉腦袋，於
是就憤怒地用他的___a___做眼睛，用___b___來當做嘴巴，左手
拿___c___，右手拿___d___，仍在那裡___e___。

二， 想深一層

1. 神人並非超然物外，原來他們跟人一樣，都有喜怒哀樂的情緒。而斑
竹所以又名湘妃竹，就跟神話中舜的妃子的哀傷情緒有關，你知道原
因嗎？

2. 在初民心目中，鳳鳥的出現會帶來甚麼？為甚麼孔子會為 “鳳鳥不
至” 而慨歎？

3. 蚩尤膽敢向黃帝發動戰爭，並屢次戰勝，究竟蚩尤有哪些本事？試舉
一例。蚩尤雖然勇猛，但最後卻被黃帝所敗，黃帝致勝的關鍵是甚
麼？

4. 成功者一直都是被讚美的對象，但為何形天這個失敗者，卻得到陶淵
明的讚美？

三， 延伸思考

1. 為甚麼簡狄生商（殷）民族的始祖 “契”，是因為吃了天帝所派來的
玄鳥的蛋，而不是吃了地上的豬肉、牛肉或蔬果？

2. 黃帝在蚩尤初起兵叛亂時，曾用仁義來感化蚩尤。如果你是一位國家
領導人，會否用仁義來對待恐怖分子或罪犯？為甚麼？

3. 天女魃助黃帝打敗蚩尤後被遺忘在地上，她那招大旱的特質被人討厭
痛恨；雷獸被剝了皮做戰鼓，骨頭做了鼓棍。你認為他們的犧牲值得
嗎？你認為黃帝做得對嗎？

第四章

羿的神話

第四章　羿的神話

十個太陽給堯帶來的苦惱

　　堯時候，據說曾經有十個太陽一齊出現在天空，帶來了嚴重的旱災，給這聖王以最大的憂愁和煩惱。

　　這是多麼可怕的景象！天空成了太陽們的世界，地面上再也找不到一片影子，一切都在強光的輝耀中。炎熱把土地烤焦了，把禾苗曬枯乾了，甚至銅鐵沙石也快要曬熔化了。人們熱得喘不過一口氣，血液在體腔裡差一點就會沸騰；而且大地上已快斷絕可吃的東西，胃裡又燃燒起一把飢餓的火，逼得大家全要發瘋。

　　住在簡陋的茅草屋裡，平日吃糙米飯，喝野菜湯的"天子"堯，這時恐怕也會和人民一樣的鬧起饑荒來。他所遭受的痛苦，更是肉體和精神雙方面的。因為他愛人民好像他的兒女，如今人民陷在這樣巨大可怕的災禍中，怎樣去解救他們的苦痛，這課題，是壓在做領袖的堯眉頭上的重任。但是他有甚麼辦法呢？除了禱告上帝，向上帝呼籲以外。因此他煩愁，難過極了。

太陽們的住家

　　十個太陽，原來都是帝俊的妻子羲和生的。帝俊，是東方的上帝，所以十個太陽便都是上帝的兒子。他們原住在東方海外的湯谷，這地方又叫"暘谷"或"溫源谷"，在黑齒國的北方。那裡有一棵大樹生長在海水中，名叫"扶桑"，扶桑有幾千丈長，一千多圍粗，就是上帝的十個太陽兒子的住家。他們經常有一個住在上面的枝條，其餘九個就住在下面的枝條。他們輪流替代地出現在天空，一個太陽回來了，另一個太陽才開始出去值班；所以太陽雖有十個，經常和人們會面的，卻只有一個。這大約是他們的爸媽給他們安排好的秩序。

不知道怎樣一來，孩子們惡作劇，不把正經事當正經事辦，卻一齊跑出來頑耍。習慣一經養成，就天天都結伴出來，再也不想分開。自然，十個太陽齊照的大地是多麼光明燦爛呵，也許他們的心裡，還誤以為這光明燦爛的大地在向他們表示歡迎，那裡知道大地上的一切生物，都怨恨他們到了極點了。

他們的這種惡作劇，大約也曾給他們的爸爸帝俊禁止，但具有大神力又頑皮慣了的他們，幾句空話那裡還把他們約束得住？帝俊雖身為天帝，但對於十個太陽兒子的任性，委實也感到非常的難辦。

幫兇的怪禽猛獸

湊巧那時候下方不但有十個太陽造成的旱災，而且因為氣候酷熱之故，猰貐、鑿齒、九嬰、大風、封豨、修蛇這一般怪禽猛獸，都紛紛從火焰似的森林、或沸湯般的江湖裡跑出來，逞着牠們暴烈的性情，殘害人民，弄得本來已經生活不下去的人民叫苦連天，更加感覺生活不下去。

帝俊派羿到下方去為民除害

愛人民的心究竟勝過愛孩子的心，帝俊覺得再不能縱容孩子們胡鬧下去了，就派了一個擅長射箭的名叫羿的天神到人間去，想給這些壞孩子吃一點苦頭，並且幫助堯解決國內種種艱難困苦的事情。

羿的長於射箭，由於後來種種事實的證明，得到了後世無窮的讚美和景仰。只要一提到羿，誰也會聯想到他高明的箭法。據說即使一隻小雀子飛過他的面前，他也準會把牠射落下來；又說當他彎弓搭箭，準備射出去的時候，連居住在海濱，一向不會射箭的越人也爭着願意替他拿箭靶子。從這類稱揚的話語看來，我們可想見羿的箭法是何等的神妙了！

臨到羿辭離天庭，降下人間的一天，帝俊就賜了羿一張紅色的弓，一口袋白色的箭，不但華美，而且堅固鋒利。由於古書的記載簡略，這時候帝俊對羿的囑咐怎樣，我們已無從知道。但推想起來，總不外叫羿對於他的胡鬧的孩子們還須"手下留情"；最好只裝出樣子來給他們嚇一嚇，萬一真要用武力對付，也略微弄傷一兩個，給大家做一個榜樣看也就好了，帝俊當然不願意羿真的去在他的孩子們身上顯武藝的。

羿領了帝俊的使命，降到下方，在熱悶難當的茅草屋裡見了愁苦的堯，堯一知道羿就是上帝派遣下來的天神，大喜過望，馬上化煩憂而為快樂。就帶了羿到外面去巡視人民的光景，可憐的人民，在十個太陽每天的烤炙下，有的已經熱昏死去，不死的也奄奄待斃，只剩下一把黑瘦的骨頭了。可是當他們聽到天神羿下了凡間，頓然全身都又回復了活力。遠遠近近的人民，都趕到王城所在的地方來，他們群集在廣場上，大聲的吶喊和歡呼，要求羿替他們誅除害惡。

好像曾經作了十二件困難工作的希臘神話裡的英雄赫克利斯（Hercules）一樣，大神羿受了天帝的使命和人民的請求，也開始做他自己困難的工作。

羿射十日

　　第一件困難工作當然就是要去對付出現在天空中的十個太陽，人民早已在廣場上等候得不耐煩了，繼續不斷傳來的歡呼和吶喊，催促着羿跟隨了堯走向廣場。在這種情形下的羿，再也無法只是向太陽們擺擺樣子，受了害的人民心裡的願望怎樣，羿知道得很清楚。羿憐憫可憐的人民，同時也就痛恨太陽的逞威。於是他再也不管天帝的囑咐，決計將這批可惡的闊少收拾下來，一勞永逸，以免將來又讓他們出來搗蛋。

三足烏

　　他就慢慢的從肩上除下那張紅色的弓，再從箭袋裡取出一隻白色的箭，搭上箭彎滿弓，對準天上紅球的所在，颼的一聲射上去，起初沒有影響，隔了頃刻，只見天空中一團火球無聲的爆裂，流火亂飛，紛紛的黑色毛羽四散，"訇"然墮落在地面上一團黑黑的東西，人們跑近前去一看，原來是一隻帶着箭的碩大無比的三足烏，想來就是太陽的精魂的化身了。再一看天上，太陽果然只剩下九個，空氣也似乎涼爽一些，人們不由得齊聲喝采。

　　禍事既已經闖定了，羿索性一不做二不休，便又連忙拈弓搭箭，向天空中東一個西一個戰慄而正要想逃遁的太陽射去，一支支的箭像疾鳥般的從弓弦上發出，只聽得颼颼颼的箭聲，只看見天空一團團的火球無聲的破裂，滿天是流火，數不清的黑毛羽四散在空中，三腳烏鴉一隻隻的墮落下來，人民的歡呼聲音響徹了大地，羿射得正在酣暢而高興。

站在土壇上看射箭的堯，忽然想起太陽對於人民也有大功，是不能全射下來的，急命人暗中從羿裝滿十支箭的箭袋裡抽去一支箭，所以末了天空中的太陽終於還剩下一個，可憐這頑皮的孩子已經嚇得臉色發白，地面上的人們都吵嚷着冷起來了。

太陽的為害算是除去了，可是還有種種惡禽猛獸的為害沒有除。羿以後的工作就是要替人民除去種種惡禽猛獸的為害。

羿射十日

有關猰貐的種種傳說

那時中原一帶猰貐的為害最烈。猰貐，有的書寫作"窫窳"，是一隻形狀像牛，紅色的身子，人的臉，馬的腳，嘷叫的聲音像嬰兒啼哭的怪獸，常拿人來做牠的糧食，人民給牠殘害的不知道有多少，只要一提起牠誰也會膽顫心驚。因而關於猰貐的傳說也就有種種：有人看見的猰貐是人的臉，蛇的身子，也有人看見的猰貐是龍的腦袋或虎的爪子，總之都是神經過敏，自相驚疑罷了。

更有一種傳說，說猰貐本來是人的臉，蛇的身子，大約也是天上的諸神之一，不知道為了甚麼緣故，給一個也是人的臉、蛇的身子的貳負神和貳負神的一個名叫"危"的臣子共同謀殺死了，精魂不散，才化為龍頭虎爪、牛身馬足這般模樣的怪獸的。至於那殺猰貐的貳負神呢，他自然也沒有好的結果，天帝為了他妄殺無辜，便把他捆綁在疏屬山（在現在陝西綏德縣），枷了右足，反縛了兩手和頭髮，到漢宣帝時候才有人把他從山上的石屋中發掘出來，頭髮和兩手還是反縛着，一隻足上還帶着枷栲呢。

假如上面的傳說可靠，那麼可憐的猰貐已經被殺一次，現在又碰見了羿這樣的對頭，真是太不幸了。

羿和猰貐戰鬥的經過，古書的記載簡略，我們不知其詳。但以羿射太陽的神勇來對付這種蠢獸，想來定也不會費多少力氣的，所以不久羿就將牠殺死，給人民除了一大害。

羿和鑿齒戰鬥

其次的工作就是要到疇華之野去殺一個叫做"鑿齒"的怪物。疇華，是南方一個水澤的名字。鑿齒這東西，有說牠是人，有說牠是獸，推想起來，大約是獸頭而人身的怪物。從牠的嘴裡吐出一隻長約五六尺、形狀像鑿子的牙齒，這牙齒就是牠最厲害的武器，沒有人敢當它的鋒芒。因此牠就逞着牠蠻悍的性子，在這一帶地方任意殘害人民。那知羿卻帶了天帝賜給他的弓箭，毫不懼怕地前來和鑿齒作戰。鑿齒知道羿的箭法厲害，心裡著慌，就拿了一面盾來保衛自己，但是羿，靠了他過人的勇敢和靈巧的射藝，沒有讓鑿齒近得身來，就將牠從盾的掩護下射殺死了。

羿誅九嬰

然後羿再到北方的凶水之上去殺九嬰。九嬰大約是有九個腦袋的水火之怪，能夠噴水也能夠吐火，人民不知道受了牠多少災害。羿來到這裡，就和那怪物激戰了一場。那怪物雖然猛悍，究竟不是天神羿的對手，終於還是給羿射死在波濤洶湧的凶水之上了。

"大風"慘死在羿的手上

羿回轉來，經過東方的青丘之澤，正遇見一隻名叫"大風"的鷙鳥在那裡為害人民。——所謂"大風"，其實就是"大鳳"，因為古時"風"和"鳳"原來是一個字。鳳也就是孔雀。甲骨文"鳳"字寫作" 恭 "，高冠長尾，明明是孔雀的形狀。這裡講的大風，就是一隻大孔雀。古時在中原一帶，是常有孔雀這種鳥的。這種鳥的特大者，性極兇悍，能傷害人畜。牠的翅翼飛掠過的地方，總似乎常有大風伴隨，因此牠又作了風的象徵，於是便傳說牠能夠毀壞人們的房屋居舍。古人造字，就把"鳳"字來當作"風"字用了。所以這裡的大風，其實就是大鳳，也就是一隻大孔雀。

羿知道這種鷙鳥多力善飛，恐怕一箭射去還不能致牠的死命，倘或帶箭逃去，躲在甚麼地方不出來，將創口養好了再出來為害人民，就反而費事了。因此羿便特地用一條青絲做成的繩，繫在箭尾上，自己的身子則藏伏在林藪中，等候那鷙鳥低飛到頭上時，一箭射去，果然正中鷙鳥的當胸。箭在繩上，鷙鳥不能飛逃，便被羿拖拉下來，用劍砍做了數段；替人民除了一方的大害。

羿斬殺巨蟒

羿再到南方的洞庭湖去。洞庭湖中，正有一條巨蟒在那裡興波作浪，漁夫漁婦被牠弄翻船活吞在肚子裡的不知道有多少。靠水生活的人們可真慘苦極了。這種巨大蟒蛇，本領實在不可小視。據說曾有一條巨蟒，把一頭大象囫圇地吞在肚子裡，消化了三年，才吐出象的骨頭來。據說人若是吃了這巨蟒吐出的象骨，可以治心痛和肚子痛。

羿遇見了這種對頭，委實也很感棘手。但他既受了天帝的使命到下方替人民除害，當然沒有畏難的道理。所以他就單獨駕了一隻小船，在洞庭湖的洪濤中巡行，

羿出行狩獵

找尋那長蛇的蹤影。找了好半天，終於遠遠地給羿發現，那蛇正昂着頭，吐出飢餓的、火焰一樣的舌頭，掀排着如山的白浪，向着羿的船頭浮游過來。羿忙拈弓搭箭，對準那蛇連射了幾箭出去，雖是箭箭都中要害，蛇還不死，還一直竄到羿的船邊，羿只得拔出劍來，和兇蛇作了一場猛烈的戰鬥，在滔天的白浪中，到底把那蛇斬做了幾段，腥臭的血流出來染紅了一大片湖水。湖岸邊漁民用震天響的歡呼聲音迎接羿的歸來。

羿活捉大野豬

最後只剩下一件困難工作了，就是到桑林去捉大野豬。桑林這地方，古書無考，不知道在哪裡，據說後來遭了七年旱災的成湯也曾經在這地方禱過雨，那麼想來應該不出中原的範圍了。大野豬即所謂"封豨"，是有着長牙、利爪，力氣賽過牛的猛獸。牠不單毀壞田裡的禾稼，還吃家畜和人，附近一帶的人民都很遭牠的殃，提起牠沒有不痛恨的。如今羿一來，野豬就只好遭羿的殃了。羿的神箭那裡是野豬所能當的。羿連發幾箭，都射在野豬的腿上，教這蠢東西死不了而又逃不脫，結果被羿生擒活捉，人民皆大歡喜。

上帝不喜歡吃羿奉獻的野豬肉

羿為人民除了七樁大害，天下的人民都感念他的功德，想來到處定然會傳揚着關於他的頌歌，羿在人民的心目裡準是最偉大的英雄。堯不用說自然也是萬分感激的。而羿呢，覺得自己還沒有辜負天帝的委命，也興奮而且快樂。他便把在桑林擒獲的大野豬來宰殺了，剁得細細的，做成肉膏蒸了起來，奉獻給天帝，滿以為天帝定會嘉許他一番，那知道天帝竟一點也不歡喜，完全出乎羿的意料。

　　天帝為甚麼不喜歡羿呢？我們推想起來，這和羿射太陽的事必定是有關的。天帝十個太陽兒子，一下就給羿射死了九個，羿對人民自然有功，對天帝卻對不起。天帝心裡的悲痛，已漸變而為仇恨，無怪他要不滿意於這樣的英雄了。

　　古書上關於羿這以後的事，留着一大段空白，教研究神話的我們很費思考。推想起來，大約從此羿就住在地上，再也沒有上天了。也許正因為他射太陽的過失，天帝革除了他的神籍。而且，和他一同下凡的他的妻姮娥（即嫦娥），當然也會連帶受累，而在被開革神籍之列。所以這以後關於羿的故事就比較帶着"人話"的氣味了。

羿和他妻子姮娥的不睦

　　羿和他妻子姮娥的感情，根據以後的事實推斷，可能在這時候開始有了裂痕。因為姮娥原是天女，如今被連累不能再上天了，都是羿的魯莽所造成的錯失。人和神的距離有多麼遠，從神仙降落而為凡人，這巨大的遺憾將如何填補！狹隘的婦人的心胸，那裡容得下這麼多的悲愁和煩惱；羿被時常抱怨和責怪，我們想會很自然的。但在心緒上已經抑鬱不暢的羿，定然也受不了他妻子的絮聒不休，結果他只有從家裡遁逃開去，開始他漫遊的生涯。

羿的漫遊

　　我們可以想見他的心境是多麼痛苦和憂鬱，他曾經冒生命的危險替人民除害，立了大功，卻被天帝疏遠和冷淡，在家庭裡也得不到一點慰安，得到的只是嫌怨的絮聒。那時候大約還沒有發明酒，否則他將會拿酒來澆愁，天天都在醉鄉中了。他唯一藉以解悶的方法，只好是趕了隆隆的大車，帶領了家眾，到原野去馳驅；或到山林中去打獵；呼呼的拂過耳畔的天風也許會吹散他的憂愁；和野獸搏鬥時候的興奮也許會暫時消解他的痛苦；他就這樣一天天的漫遊下去，再也不做別的正經事情，在一般人的眼光中，英雄羿確是墮落了。

宓妃和她的丈夫

是幸還是不幸呢？在一個偶然的機會中羿遇見了洛水的女神雒嬪。雒嬪，就是宓妃，傳說她本是伏羲的女兒，因為在洛水渡河淹死，後來就做了洛水的女神。她的美麗是非常聞名的，詩人們對她有最高的禮讚和歌頌。她又是水神河伯的妻。河伯名冰夷，又名馮夷，有傳說他也是因為渡河淹死做了水神的，也有傳說他因為

河伯出行

吃了一種藥，遇水而成仙的。《山海經‧海內北經》說：“冰夷、人面、乘兩龍”。《山海經》所記的諸神，除了差不多都有“人面”的特徵外，還各有一個怪奇的身子：如女媧是人面蛇身；海神禺疆是人面鳥身；火神祝融是人面獸身；奢比尸神也是人面獸身，另加一對“犬耳”；這裡冰夷獨是人面，傳說他又本來是人，那麼他應該也有一個人的身子了。這在諸神當中，不能不說是美貌出眾的。再證以《楚辭‧九歌》裡所寫河伯的生活：乘了荷葉做篷的水車，駕着龍螭一類的動物，和女郎們在九河遨遊，確也是風流而瀟灑的漂亮男子所過的生活。無怪後來民間傳說河伯每年需要娶一個新娘子，來陪伴他玩耍作樂，不是沒有原因的。照這樣說來，具有喜新厭舊的性格，又過着放誕風流的生活的河伯，對於他的妻，當然不會有真實的情愛。那麼羿和宓妃的遇見，一個是蓋代的英雄，一個是曠古的美人，而他們又都同病相憐，得不到家庭的慰安，彼此由相憐而相愛，也就很是自然了。

　　這對於羿和宓妃在精神上固然彼此有了慰藉，羿的沉墮生活也得到了稍微的振拔，但是我們推想起來，這種戀情，定然會引起兩個家庭內部的紛擾的。河伯會擺出他丈夫樣子的聲色俱厲的態度，來責怪宓妃的不貞（他當然除開了他自己）；而姮娥呢，也會用妻子們慣用的啼哭和吵嚷來嫌怨羿的無情了。所以愛情的蜜糖，在羿和宓妃，定是混合着妒嫉的苦酒一同吃下的。

羿射中河伯的左眼

　　河伯大約為了要監視羿和宓妃的幽會，又怕懼羿的勇武，不敢公然出面，只得化做一條白龍，在河面上巡遊；他這一變化出來做暗探不打緊，卻引起了軒然的洪濤，使河水氾濫到兩岸，淹死許多無辜的人民。但是河伯的這副形貌，終於被羿認識出來了，羿惱怒他這樣下流的做品，失掉水神應有的身份。於是老實給他個不客氣，一箭向那化形為白龍的河伯射去，正射中他的左眼。

可憐"賠了夫人又折兵"的河伯，只得哭哭啼啼地，睜大了剩餘的一隻眼睛，跑到天帝面前去訴苦，請天帝替他把羿殺了。天帝對於這不敦品行的水神，也沒有多少好感，因此不但沒有如他的願望，反斥責他說："誰叫你好好的要去變一條龍呢！龍既然不過是水族動物，當然會給人射了，羿有甚麼罪過？"

碰了釘子回來的河伯，自然免不了和他的妻又有一場吵鬧，吵鬧的結果，大約宓妃也覺得自己有些對不住這損失了一隻眼睛的丈夫。雖然愛羿，為了雙方家庭的和睦，只得中止了她和羿的交往，沒有讓他們的愛情更向悲劇的道路發展去。《楚辭·天問》上說："天帝派羿到下方來，原是要他替人民解除痛苦的，為甚麼傳說他竟射殺了河伯，而把雒嬪霸佔做妻子呢？"霸佔雒嬪做妻子的這種傳說，原不大可靠，所以詩人屈原才發出了這種疑問。為了謹慎一點，我們姑且相信羿和雒嬪（就是宓妃）間只有過一度戀愛的關係，而且到羿射中河伯左眼之後，這關係也就在形式上中止了。

羿面對死神的威脅

羿回到家裡，雖然和他的妻姮娥暫時又言歸和好，但是感情的裂痕卻終於存在。最大也是最初的原因，前面我們已經說過了，不外和羿得罪了天帝，不能上天，連帶也教妻子受累的事有關。姮娥本是天上的女神，想不到卻得了這樣的結果，難怪她不甘心。可怕的倒不在於上不了天，是怕將來死了以後，到地下的幽都去和那些黑色的鬼魂住在一起，過那愁慘黯澹的生活。就是羿也不願意弄到這種地步的。這不但可怕，而且可恥。作為天神的他，怎麼可以去伴隨鬼魂呢？可是死神的腳步，卻一天天地迎面走來，使勇武的羿也沒法不偶然心驚。這樣，他對於妻子的責怨也就很能諒解了。現在的問題只是：怎樣想一個解除死神威脅的辦法，大家假如不再擔憂死，那麼愛情也就能夠恢復，像生命一樣地長春。

西王母的故事

　後來聽說在昆崙山的西方，有一個神人，名叫"西王母"，藏有不死之藥，吃了這藥，就可以永生。羿決定不管道路的險遠，要去向西王母請求這不死的良藥。

　西王母，後代的人都愛照着字面推想，以為定是西方的一個王母，年老而慈祥。不讀書的道士們更造作了種種的謊話，來證明這種猜想的正確。其實卻全弄錯了。西王母原是一個長着豹子尾巴，老虎牙齒，頭髮亂蓬蓬地披着，頭上戴了一隻玉勝，善於嘯叫，掌管瘟疫刑罰的怪神。他的性別是男是女，我們也還無從斷定。"勝"雖然算是婦人的首飾，但在野蠻時代，男人也一樣可以戴的，正如穿耳的環，在野蠻人中不問男女都可作為裝飾品。不過很是湊巧，傳說住在巖洞中生活簡單的他，又有三隻青鳥經常輪流地找尋了食物來供給他。王母、玉勝、青鳥，都帶有女性的意味，因此就漸漸把他女性化和溫和化了。又因為災疫刑罰都是有關人類生命的，他既可以奪取人的生命，當然也就可以賜予人的

生命；正如希臘神話裡的太陽神阿波羅（Apollo）一樣，傳播瘟疫，同時又掌管醫療；所以一般人都相信西王母藏有不死的良藥，有福氣得到這藥的，吃了就可以長生。

西王母坐於龍虎座上，右有九尾狐和持靈芝的白兔，左有三足烏和把戈的大行伯

弱水、炎火的昆侖山

長生誰不希望呢？只是西王母住的地方，卻不是人所能到。他有時住在昆侖山頂，有時更住在昆侖山西方的玉山上。就單說這昆侖山頂罷，也不是凡人所能攀登上去的，因為昆侖山的下面，環繞着弱水的深淵，這弱水，一片鳥毛掉在上面都會沉落，更不用說是乘船載人了，昆侖山外面，又環繞着炎火的大山，大火晝夜不息，無論甚麼東西一碰着它都會燃燒，誰還能夠突破這大火的重圍呢？所以大家雖然傳說西王母有不死的良藥，可是卻始終沒有一個人得到這寶貴的東西。

羿靠了他餘剩的神力和不屈的意志，居然通過了水火的包圍，攀登上了昆侖山頂，看見了長有四丈大有五圍的稻子，和守門的開明獸，這地方的高據說有一萬一千里百一十四步二尺六寸，要不是，誰也不要想到達這個地方。

羿向西王母求得不死藥

很是湊巧，正遇見西王母在這裡，沒有到別處去。當羿把他的來意向西王母說明了之後，西王母對於羿不幸的遭遇，極表同情，就慷慨的給了他一包足夠兩個人吃了都不死的藥。並且告訴羿說，倘使是一個人吃，就還有昇天成神的希望。臨別更鄭重叮嚀羿，藥須要好好的保藏，因為這就是剩餘的全部，除此而外，再也沒有了。

嫦娥奔月

羿高高興興地把藥帶回家，給妻子保管着，擇一個節日來大家同吃。他並不想再上天，因為天上的情形似乎也和人間差不多，只要不到地獄就滿意了。但是他的妻姮娥卻不和他一般設想。她想她原是天上的女神，如今不得上天，全是受了丈夫的連累，照理他該還她一個女神才是。靈藥既然除了長生更有使人昇天的妙用，那麼即使自私一點，吃下丈夫的一份，也不算怎麼虧負他，因此她就打定了主意，不再等待甚麼節日，趁着羿不在家的一個晚上，把那包藥取出來一齊吞下肚子去。

奇事果然在這時候發生了，姮娥漸漸覺得她的身子輕飄飄的，腳和地面脫離開來，終至於不由自主地飄出了窗口。外面是夜晚的藍天，灰白的郊野；天上有一輪團團的皓月，被一些金色的小星圍繞着。姮娥一直飄昇上去……

但是到哪裡去呢？她思考着：假如到天府，定會被天上的眾神恥笑，說她是叛離丈夫的妻子；而且假如丈夫設法尋找到天府來，也很難對付。看來只有到月宮裡去暫時躲藏較為穩妥了。主意決定，她就一直奔向月宮去。

月宮裡的景象

月宮裡面出奇的冷清卻是她先前一點也沒有預料到的。這裡除了一隻白兔、一隻蟾蜍、一株桂樹而外，甚麼也沒有。直到許多年以後，才又添了一個"學仙有過"，罰到月宮裡來砍桂樹的吳剛。桂樹和他鬧別扭，創口隨砍隨合，怎麼也砍不倒。

這景象很使她灰心失望。但已經來了，只得住下再說。可是愈住下去，愈覺得寂寞不慣。才開始想起家庭的樂趣，丈夫的好處。倘使自己不這麼自私，將不死藥來兩人同吃了，大家都永生在世上，過即使有小煩惱可也不缺少幸福快樂的日子，豈不勝過冷清清的一個人在這月宮裡做神仙嗎？她懊悔，她仍舊想回到下方來，向丈夫承認自己的錯失，請他原諒她，和先前一樣的愛她。但這種願望卻只是徒然。她從此就只好永遠住在月宮裡，再也下不來了。"姮娥應悔偷靈藥，碧海青天夜夜心"，這是詩人對她的憐憫和嘲諷。從此就只有無窮無盡的寂寞，緊緊地跟隨着她，作為一種嚴酷的刑罰，來處罰這叛離丈夫的不忠的妻。

走向潰滅之途的羿

那天晚上羿從外面回來，發覺他的妻不見了，而檯子上卻陳放着不死之藥的空包。羿明白了這是怎麼一回事。憤怒、失望、悲哀好像一條條毒蛇絞纏着他。他閉緊了嘴唇，怔怔的望着窗外。在這星月交輝的天空，他的妻已經離棄了他，單獨尋找她幸福的樂園去了。

從此羿的性情果然大變，他想天上既然也有不公平，人間也有欺騙，那麼地獄裡即使還有更壞的東西，

嫦娥奔月

也就不如腦筋裡所想像的可怕了。他灰心到了極點，從前還怕死，現在看待死卻像是他的好朋友。他也不再打算長生了，每天只是到外面去浪遊、打獵，來消磨自己漸漸老去的餘剩的生命。

　　這件事給他的影響最顯明表露在外面的，就是他脾氣的變壞，一點小不如意就可以惹動他的雷霆怒火。家丁們都清楚知道主人的性情變了，變的因由大家也全明白。傷心人的傷心本來就是一種病，但是醫療這種病世間卻沒有特效的藥物，更壞的是這種病成為怒惱的形式發作出來，無辜的第三者就要遭殃受苦。羿的家丁們全都同情他不幸的遭遇，但對瘋狂的罵詈和皮鞭的痛抽又都忍受不了。因此有些就偷偷跑走了，跑不走或一時還沒有地方可跑的，也漸在暗中埋怨他們的倒霉主人。當羿發覺連他的家丁都對他有貳心的時候（他並不想想別人對他為甚麼會有貳心），更是傷心和憤怒，脾氣大發，不可收拾。

羿和逢蒙

　　家丁中有一個叫做逢蒙的，是一個靈敏勇敢的人，羿一向很喜歡他，曾教他射箭，後來逢蒙的箭射得幾乎和羿一樣好了，天下都很聞名，凡提到射箭的，都把羿和逢蒙連在一起。羿很歡喜他有這樣一個本領高強的學生，但是器量狹小的逢蒙卻不大歡喜有這麼一個本領比他還高強的老師。據說有一回，羿曾開玩笑地和逢蒙比賽過一次射箭。恰巧天空中一行雁飛了過來，羿叫逢蒙先射，逢蒙連發三箭，為頭的三隻雁應着弦聲墜落下來，一看，剛好三支箭都射中雁的頭部。這時受驚的雁已經四散亂飛，羿也隨意向牠們射了三箭，也有三隻雁應弦墜地，一看，三支箭也都射中雁的頭部。這樣，逢蒙才知道老師的本領實在比他高強，不是他輕易趕得上的。因此逢蒙對於羿的嫉恨心也就與日俱增地加強了，暗害羿的念頭常常都在他的胸中盤繞，但是一則羿向來待他好，良心似乎不許可，二則也實在找不着下手的機會。這願望就一直埋藏着沒有實現。

奴隸的反叛

現在可是好了，羿的脾氣一天天的變壞，家丁們都忍受不了主人的虐待，就連逢蒙恐怕也不會例外地遭受到了種種的難堪。良心的藩籬很容易被羞辱衝破，加上從前的嫉恨，加上大眾對羿的不滿，逢蒙覺得向老師而兼主人的羿報仇的時機已經到了，他才下了決心要挪開阻擋住他前程的這塊絆足石。

做這件工作，並沒有費到多少力氣。他暗中煽動家丁們起來反叛主人，解除他們自己奴隸的束縛。身受痛苦的家丁們自然很容易被煽動，正像一束乾柴容易引火。陰謀的圈套就這樣的給羿佈置好了。

當大家正在晴明的郊野打獵，驅着車子，騎着快馬，和狐兔們競逐，追趕着風，犬吠馬嘶人吼的聲音響徹山谷，誰都表現得這麼快樂而興奮，羿也在快樂的興奮裡暫時忘掉憂愁。這時候，一隻用桃木削成的大棍，被陰謀家指揮着，把持在奴隸們的手裡，從綠林中伸了出來，對準手拉馬韁坐在大車上一點也沒有防衛的英雄羿的後腦，重重的這麽一擊……

英雄羿就這麽死在陰謀的圈套裡了。

萬鬼首領的宗布神

他死了，他平靜而無聲地死去了。他一生雖然連遭不幸，又死得這麽冤枉，可是人民卻紀念着他的功德，他死後人民奉他做了宗布神。宗布是鬼的首領，統轄天下萬鬼，教邪惡的鬼魅不敢害人。這當然正是羿的宗旨，他生前為民除害，死後也還繼續執行他的工作。唐代以後傳說捉鬼的鍾馗，大約就是羿的化身，由此可見羿在人民純樸的心田裡，佔着怎樣一個重要的位置。

不錯，"人民是有眼睛的"。

趣味重温
上古英雄

一，你明白嗎

1. 十個太陽是帝俊和___a___生的，住在東方海外__b__的___c___上。
   a. 宓妃 / 湘妃 / 羲和
   b. 湯谷 / 硅谷 / 古谷
   c. 白楊樹 / 扶桑樹 / 桉樹

2. 十個太陽一齊出現之餘，地上還出現甚麼禍事，使人叫苦連天？
   a. 大量怪禽猛獸出現
   b. 颶風大作
   c. 大洪水暴發
   d. 蚩尤作亂

3. 按作者的推論，上帝請羿來的原意是甚麼？
   a. 為民除害，把他十個太陽兒子全都射下來。
   b. 為民除害，把怪禽猛獸都射死。
   c. 嚇唬一下他十個太陽兒子，並非要羿射下他們。
   d. 為民除害，請他射下九個太陽，只需留下一個。

4. 羿沒有把太陽全射下來，只餘下一個，因為：
   a. 羿認為太陽也有用處。
   b. 堯認為太陽對人民也有大功，因此急命人抽去羿的箭袋的一枝箭。

c. 太陽被射掉了九個，大地沒有那麼炎熱了。

d. 九個太陽被射掉以後，第十個太陽驚慌求饒。

5. 原來神話中的神人也會談戀愛，羿的神話中就有一個四角戀愛關係，這牽涉到哪四個神人呢？

6. a. 神話中，初民受到不少兇猛禽獸威脅，其中有一種鷙鳥叫"大風"，鷙鳥是甚麼鳥？試從詞典中找出答案。

   b. 哪些鳥屬於鷙鳥？試舉一例。

二， 想深一層

1. 誰導致羿後來生活墮落，天天借酒澆愁和外出打獵？你知道原因嗎？

2. 河伯為何被羿射瞎了眼睛？試簡單解釋。

3. 神話中用了不同方法描寫羿高明的箭法，試把兩者配對起來。

<u>羿高明的箭法</u>　　　　　　　<u>描寫手法</u>

a. 即使一隻小雀子飛過他面前，他也準會把牠射落下來。　•　　• 象聲、事物動態

b. 當羿彎弓搭箭，準備射出去的時候，連居住在海濱，一向不會射箭的越人也爭着替他拿箭靶子。　•　　• 直接交代

c. 只聽得颼颼颼的箭聲，太陽就一個個被射下來。　•　　• 透過別人的行動側面襯托

4. 十個太陽一起出現的時候，世界彷彿變成地獄。試填空格，把場景重現：

地面上找不到＿＿a＿＿，炎熱把土地＿＿b＿＿，銅鐵沙石也快要曬＿＿c＿＿。＿＿d＿＿被曬得枯乾。人熱得喘不過一口氣，血液＿e＿＿。大地上的食物快要＿f＿＿，人們十分飢餓，快要＿g＿＿。

三，延伸思考

1. 學者都認為神話一定程度能反映初民的生活和歷史。你認為十個太陽的神話，以及羿打獵場景中，反映初民曾經歷過怎樣的天然災害，而他們的生活模式又是怎樣的？

2. 河伯被羿射瞎了眼睛，你同情他嗎？為甚麼？

3. 如果你是羿，你會不會跟宓妃談戀愛，為甚麼？

4. 羿由被人擁護的射日除害的英雄，最後走到末路，被學生逢蒙害死，你認為是誰的過錯或責任？為甚麼？

第五章

鯀和禹治水的神話

第五章　鯀和禹治水的神話

歷史上洪水的記載

堯真是一個不幸的帝王，大旱之後又有大水。

根據歷史記載，堯時候有過一次長期的大洪水，時間經過至少有二十二年之久。

那時全中國都受了洪水的災害，情形悽慘可怕極了。大地是一片汪洋，人民沒有住居的地方，只得扶老攜幼，東西漂流。有的爬上山去找洞窟藏身；有的就在樹梢上學雀鳥一樣做窠巢。田地浸沒在洪波裡，五穀全被水淹壞，地面上的草木卻長得極暢茂，飛禽走獸也一天天的繁殖加多，弄到後來，禽獸竟來和人民爭地盤了。可憐的人民，他們要抗制寒冷和飢餓，還要分出力量來對付繁殖加多的禽獸，他們哪裡還能夠是禽獸的敵手呢？所以假如他們不死亡在寒冷和飢餓當中，也難免要死亡在惡禽猛獸的爪牙殘害之下。人民一天天地減少了，只有鳥獸的腳跡所經過的道路，佈滿在洪水暫時退去和還未被淹沒的全中國的地方。

做天子的堯當然憂心如焚，想不出法子來解救人民的困苦，只得召集了四方諸侯的首長來，向他們問道：

"我請問你們四方諸侯首長：如今洪水滔天，浸山滅陵，老百姓都憂愁日子過不了，有誰能去治理洪水，解救人民痛苦的呢？"

四方諸侯首長都說："啊，叫鯀去好啦！"

堯搖頭說："唉，那個人怕不成吧：只顧自己的意見，不顧眾人的意見。"

四方諸侯首長都説：“除他之外再找不出第二個人啦，試試看罷。”

堯只得説：“好，那麼讓他去試試罷。”

鯀當時便被派去治理洪水，可是一治治了九年，絲毫沒有成績。

為甚麼鯀會平治不了洪水呢？古書上説：是因為他的性情不好，胡作非為，用錯了方法。他用的方法是“堙”和“障”。所謂堙障，就是拿泥土來填塞洪水。拿泥土填塞洪水，不但填塞不了，洪水反而愈漲愈高，所以終於失敗。結果被堯（也有説是舜）把他殺死在羽山。

到了舜做國君，就任命鯀的兒子禹去治理洪水，禹鑑於他父親鯀的失敗，就把堙障的方法改為疏導，結果疏導的方法是成功了，洪水平息，解救了萬民的痛苦，得到人民的愛戴和舜的信任，舜就把帝位禪讓給禹，成為夏代的開國君主。

上面記述的，是歷史上的“人話”，我們現在所要講的，卻是關於鯀和禹治水的神話；神話和人話是兩不相干的。

上古時代曾經有過一度可怕的洪水為災，大約是真實的，沒有甚麼疑問。據甲骨文，“昔”字寫作“𦰩”，或作“𦰩”，畫一個太陽，下面或上面畫作水波洶湧的光景，意思是説：從前曾經有過可怕的洪水氾濫的日子，大家不要忘了。又根據記載，世界上多數民族，也都有過關於洪水的傳説。可知古代或因自然界發生變化，洪水氾濫竟遍及於全地球。人類一直到今天，還保存着大洪水為災的慘痛的記憶。但洪水氾濫的年代在甚麼時候，卻還不能確切推定。中國歷史上說是發生在四千幾百年前的堯禹時代，是否這樣，還很難説。甚至名叫"堯"名叫"禹"的，是人還是神，這也還要期待考古學家多從地下發掘出更豐富的古代器物，仔細研究，才能作比較可靠的斷定。單根據後人記述的幾卷眾説紛紜的歷史，還不夠的。

這些我們都不必去管它了，且來看看鯀和禹的神話是怎樣——

鯀的來歷

鯀是誰？歷史上説：鯀是堯時候封在"崇"這地方（在如今陝西鄠縣東）的"伯"——"伯"就是"侯"，意義並沒有多少差別，所謂天子分封諸侯為公侯伯子男五等的有些書上的記載，是不可靠的——所以又叫他做"崇伯鯀"或"有崇伯鯀"。但在神話上鯀卻是一匹白馬，這白馬，是黃帝的孫兒。他的父親叫駱明，駱明的父親便是黃帝。我們知道黃帝既然就是天帝，鯀當然是上界一位顯赫的天神了。

洪水是怎樣發生的

滔天的洪水是怎樣發生的，神話上並沒有講得明白，推想起來，大約因為下方人民不信正道，造作種種惡事，觸怒了天帝，這才特地降下洪水來警告世人的。正如《舊約聖經創世紀》説，耶和華（Jehovah）因為看見世人作惡，便使洪水氾濫在大地上，要將世界人類毀滅一樣。

但是不管人民造作了多少罪惡罷，受了洪水災害的他們，總也很是可憐。他們在水潦和飢餓的熬煎中，吃沒有吃，住沒有住，還要隨時提防毒蛇猛獸的侵害，還要用衰弱的身體來和疾病抗戰。在大洪水時代，那一串悲慘絕望的日子是多麼可怕呀！

天上有眾多的神，可是深心哀憐人民痛苦的，只有一個大神鯀。他想要把人民從洪水中救拔出來，使他們仍舊過快樂平安的日子。他對他祖父這麼嚴酷的措施，並不能夠感到滿意。我們推想，也許起初他曾經不止一次的向他的祖父祈請過，諫勸過，想得到他祖父的恩准，赦免人民的罪惡，把洪水收回天庭。但是繼續在憤怒中的上帝，並沒有理會鯀的這些話語，或者反而給他一頓申斥，認為他是喪心病狂呢。我們知道，無論那一方的上帝，只要是上帝，性情都會沒有例外的固執的，難怪鯀要碰他祖父的釘子了。

懇請和勸諫無用，大神鯀決心自己想法來平息洪水，為人民解除痛苦。可是滔天的洪水，氾濫了整個世界，能用甚麼法子平息呢？這使他憂愁而煩悶，以他的神力，似乎還難於辦到。

貓頭鷹和烏龜的獻計

正在愁悶當中，恰巧有一隻貓頭鷹和一隻烏龜互相拖拉着走過來，問鯀為甚麼愁悶不快樂，鯀就把不快樂的原故告訴牠們。

"要平息洪水，並不是難事呵。"貓頭鷹和烏龜齊聲說。

"那麼怎樣辦呢？"鯀急急地問。

"你知道天庭中有一種叫做'息壤'的寶物麼？"

"聽說過，卻還不知道究竟是甚麼東西。"

"'息壤'就是一種生長不息的土壤，看去也沒有多大一塊，但只要弄一點來投向大地，馬上就會生長加多，積成山，堆成隄，用這寶物來堙塞洪水，還怕洪水不能夠平息麼？"

"呵，那麼這寶物藏放在哪裡，你們知道嗎？"

"這是上帝的至寶，它藏放的地方，我們哪能知道？── 你難道要想偷取它出來？"

"是的，"鯀說，"我決心這麼辦了！"

"你不懼怕你祖父嚴酷的刑罰？"

"讓他去罷。"鯀說。然而憂鬱地一笑。

鯀偷取上帝的息壤去平治洪水

被當做上帝至寶的息壤，不用說封藏得極其秘密而嚴固，並且定然還有猛勇的神靈看守。可是不知道怎麼一來，終於給專心致志要想拯救人民出災禍的大神鯀偷取到手了。

鯀得到了息壤，馬上去到下方，替人民堙塞洪水。這東西果然靈妙，只要少許一點，就可以積山成隄，叫洶湧的洪水沒法逞兇，還叫它在泥土中乾涸。大地上漸漸不看見洪水的蹤跡了，看見的只是一片起伏的新的綠野。住在樹梢上的人民從窠巢中爬出來，住在山岡上的人民從洞窟中走出來，他們枯瘦的臉上都展開了再度的笑容，他們的心裡都騰躍着對於大神鯀的感謝和歡呼，他們又都準備在這苦難的大地上重建新的基業。

鯀被火神殺戮

可是不幸的，到洪水快要平息的時候，終於被上帝知道了他的寶物息壤被竊的事，我們可以想到那統治着全宇宙的威嚴的上帝會怎樣的發怒呵：他痛恨天國出了這樣的叛徒，更痛恨家門出了這樣忤逆的兒孫，他馬上毫不猶疑地，派了火神祝融下來，把鯀在羽山地方殺死，奪回了餘剩的息壤。因此洪水又漫延回來，氾濫在大地各處，人民的希望成空，仍然降落在寒冷和飢餓裡，悲哀大神鯀的犧牲，更悲哀他們自己的不幸。

和鯀的事跡相像，無獨有偶地，在希臘神話裡，也有大神普羅米修士（Prometheus），因為把神國的火種偷了出來送給人類，被天帝知道了，便把他囚鎖在高加索的山頂，叫惡鷹來啄食他的心肝，叫風霜雨雪來殘毀他的身體。過了許久，他才被一個人間的英雄赫克利斯（Hercules）所釋放。

大神鯀被殺戮的羽山這地方，大約就是委羽之山，在北極之陰，是太陽所照不到的地方。山的南面是雁門，有一條神龍叫燭龍，終古守在這裡，嘴裡銜了一支蠟燭，用來代替日光，照耀北極的陰黯。世間傳說的可怕幽都——人類靈魂的最後歸宿地，大約在羽山的附近，我們可以想像這裡的悽慘和荒涼——這也就是大神鯀為人民犧牲生命的地方。

鯀被殺戮，他有甚麼遺憾呢？有，他的遺憾既大且深，就是他的事業還沒有成功，他的志向還沒有達到，寒冷和飢餓的人民還浸在水潦裡，息壤卻被上帝奪回天庭去了，像這樣，他怎麼能夠安靜的長眠呢？

三年不腐爛的屍體

就為了這一股博大的、堅強的愛心，大神鯀的精魂因而不死，還保全了他的屍體，經過三年之久，都沒有腐爛。不但這樣，他的肚子裡還逐漸孕育着新的生命，就是他的兒子禹。他把他自己的精血和心魂一齊都來餵養了這條小生命，要他將來繼續去完成他的事業。禹在他父親的肚子裡生長着，變化着，三年之中他已經具備了種種神力，甚至超過他的父親。

虬龍禹的誕生

鯀的屍體三年不腐爛，這奇事給上帝知道了，怕他將來會變成精怪，來和自己搗蛋，便又派了一個天神，帶一把叫做"吳刀"的寶刀下去，把鯀的屍體剖開。

天神依命行事，到了羽山，果然就用吳刀來剖開鯀的屍體。

可是在這時候，更大的奇事發生了，從鯀被剖開的肚子裡，忽然跳出一條虬龍，就是禹，頭上長着一對堅利的角，盤曲騰躍，升上了天空。這還不奇，還有更大的奇事：虬龍禹升上天空之後，鯀本人的被剖開的屍體也化做了別的生物，跳進了羽山旁邊的羽淵。

鯀的變化

關於這一點，説法就很不一致了，有説是鯀化做了黃熊，但熊是獸類，又怎麼能夠進入羽淵呢，顯然通不過去。又有説"熊"亦作"能"，"能"就是三足鱉。這種説法雖然可通，但是敢於竊取天帝的息壤來為民請命的大神鯀，又那裡甘於化身為屠懦無用的龜鱉之類，這是我們不忍相信的。再有一種説法，説鯀治水無功，自沉於羽淵，化為玄魚的。玄魚不知道是甚麼魚，不過古書"鯀"亦寫作"鮌"，説者遂謂是玄魚，又説常見玄魚"揚鬚振鱗橫修波之上"，"與蛟龍跳躍而出"，那麼也該是蛟龍一類的生物了。最後再來看《山海經》《注引》《開筮》説："鯀死三歲不腐，剖之以吳刀，化為黃龍。"我們相信這種説法倒較為確當，因為天馬化為龍是很自然的，古人早已有了類似的觀念，何況他的兒子禹也是一條龍呢。

更有一種特異的說法，見於《楚辭・天問》大意說：鯀的屍體化做了黃熊，越過窮山的崗巖，到西方去請求巫師將他治活。那一帶地方，巫師是很多的，譬如出產各種珍貴藥物的靈山罷，就有巫咸、巫即、巫盼、巫彭、巫姑、巫真、巫禮、巫抵、巫謝、巫羅十個巫師在那裡或上或下，忙忙碌碌地採藥；又譬如在昆侖山開明獸的東方罷，也有巫彭、巫抵、巫陽、巫履、巫凡、巫相幾個巫師，正拿了從不遠地方的不死樹上取下的不死藥，在那裡醫治被貳負神所殺的可憐的窫窳。那麼鯀的屍體化為黃熊去求西方的巫師們將他治活，這也很近情理，就是不知道活了轉來的他去到了甚麼地方。

我們現在還是姑且相信大神鯀化做了黃龍，進入了羽淵。這龍，據我們推想，大約因為他全部神力已經傳給了他的兒子禹，不過是一條普通的沒有神力的龍罷了，所以自從他進了羽淵之後，便再也沒有關於他的消息了。他唯一存活着的意義，就是要親眼看見他的兒子繼續他的奮鬥，去把人民從苦海中拯救起來。

禹受上帝的任命

他兒子並沒有教他失望，新生的虬龍禹具有大的神力，發了大的願心，要繼續完成父親的功業。

這回事給上帝知道了，我們可以想見那高高地坐在寶座上的上帝的吃驚的光景。從被剖開的鯀的肚子裡既然可以生禹，那麼即使再剖開禹的肚子，哪能料到不會再生別的生物呢？叛逆者假如也有叛逆的道理，這道理就會像薪火相傳，綿歷不絕。在倉惶吃驚中的上帝，也許因此漸漸悔悟到降下洪水來處罰人民未免太嚴，而一個人悲憫的善心更常常好像金石般的堅固，也難於有法子將它銷熔、毀滅。所以當禹按照了步驟去向上帝請求將息壤賜給他的時候，經驗豐富的上帝便馬上答應了他的請求，不但把息壤賜給他，還乾脆任命他到下方去治理洪水。而且，為了工作的方便，更派曾經殺蚩尤立了大功的應龍去幫他的忙——不知道是不是還負有別的使命——這結果真出於禹的意料。

禹於是受了上帝的任命，帶了應龍，去到下方，開始做平治洪水的工作。

共工和禹搗亂

可是這一來卻惹惱了水神共工，因為洪水原是上帝命他降下來懲罰人民的罪惡的，正是他大顯神通的好機會，如今手段還沒有十分施展，卻又要叫收拾起來了，這不行！而且禹那小孩子知道甚麼呢？上帝竟輕易答應了他的請求，也使他很不服氣。所以他立定決心，偏要出來給禹搗一搗亂。於是他就把洪水"振滔"起來，一直淹到空桑地方。空桑在如今山東曲阜，已經要算是中國極東的地方了，可見當時中原一帶，都早又已變做了澤國，可憐的人民，為了水神的一怒，又不知多少人在洪濤裡化作了魚蝦！

禹看見共工這樣的橫蠻，知道除了用武力對付以外，用道理說服是決不行的。要趕早治平洪水，必須先要除去振滔洪水來禍害人民的罪魁，因此禹也決心和共工一戰。

禹會群神、逐共工

　　這場戰事的經過怎樣？猛烈到甚麼程度？因為古書上沒有記載，我們也就無從查考了。不過據說，禹曾在會稽山會合天下群神，大家都到齊了，只有防風氏後到，禹怪他不遵守約束，就把他殺掉。過了一兩千年，到春秋時候，吳王築會稽城，發掘出一隻骨頭，不是人類的骨頭也不是野獸的骨頭，那骨頭之大，須用整部車子才能裝下，去請教博學的孔子，孔子才把這段故事說出，大家才知道就是防風氏的骨頭。禹會合天下群神，恐怕正是為了對付共工，那麼我們可以想見禹的神力和威權有多麼大，共工當然不是禹的敵手，所以不久就給禹趕跑了。

大黑烏龜和應龍的功績

　　禹趕跑了共工之後，這才認真開始工作。他比他的父親果然更要聰明：他一方面用息壤來堙障洪水，叫一隻大黑烏龜給他把息壤背在背上，跟隨在他的後面行走。這樣他就把極深的洪泉填平了，把人類住居的土地加高了：那特別加高起來的，就成為我們今天四方的名山。一方面他又疏導川河，叫應龍走在前面，拿牠的尾巴畫地，應龍尾巴指引的地方，禹所開鑿的河川的道路也就跟着它走，一直流向東方的汪洋大海；就成為我們今天的大江大河。

禹遊歷九州萬國

　　禹為了平治洪水，遊歷了九州土地，天下萬國，東到楷木，楷木就是扶桑，是太陽出來的地方；南到交阯，交阯就是現在的安南；西到巫山，巫山在現在四川的東境，是進出四川必經的地方；北到衡山，衡山在北極荒遠處，已不可考。經過的國家有黑齒、羽人、裸民、奇肱、一臂、三面、犬戎……等。看了許多奇奇怪怪的事物，幾乎《山海經》裡面所記載的地方，都是禹的足跡所到達的區域，難怪後來的人要疑心《山海經》就是禹著作的了。

不管那些奇異的國家是不是都是禹親身到過的，但因為它們實在非常有趣，我們姑且假定禹曾經作了一次環海的旅行，把他到過的那些有趣的國家簡單記述在下面。

先從南方說起，從西南地區到東南地區，首先碰到的一個國家就是結胸國，結胸國的人特殊的地方，就是人人的胸前突出一大塊，好像我們男子喉頭上的那個包塊一樣。

再向東南方走一點，就到了羽民國，這國家的人都長着一個長腦袋，身上生有翅膀，能夠飛，可是飛不多遠，他們也和鳥類一樣，是從蛋裡生出來的。國裡最多鸞鳥，鸞鳥是鳳凰一類的鳥，長有

羽人

五采的羽毛，極其華貴；羽民國的人都愛吃鸞鳥的蛋，這也許就是他們身上生長翅膀的原因。

再向南方走一點，是讙頭國，或作讙朱國，這國家的人也生有翅膀，不過更多了一張鳥嘴，擅長捕魚。據說讙兜原是堯的臣子，因為有罪，跳在南海裡自殺死了。堯可憐他，打發他的兒子到南海奉祀他。大約為了需要捉魚維持生活的關係，他的子孫漸漸就變做了這副形貌。

再南一點，就到了厭火國，厭火國裡的人，身體像獼猴，黑皮膚，能從嘴裡吐火。

厭火國的附近，是裸國，裸國人全身赤裸，一年四季都不穿衣服。

再向東北走，便到三苗國，三苗國又叫三毛國，或叫苗民國。所謂三苗就是帝鴻氏的後代渾敦，少昊氏的後代窮奇，縉雲氏的後代饕餮。這三族人的苗裔，因為反對堯把天下禪讓給舜，堯殺了他們的國君，他們就逃到南海來合組成一國。據說這國的人，相貌手足都和人差不多，只是長着一對不能飛的小翅膀；為人好吃、懶做、放浪、不講道理。

再東走便是戴（音秩）國，這國的人原是帝舜的後代，帝舜生無淫，無淫到戴這地方來居住，他的子孫便成為一個國家，叫戴國。戴國的人黃皮膚，擅長拉弓射蛇。他們得天獨厚，用不着耕田，自然有食物吃，用不着織布，自然有衣服穿。

再東是貫胸國，貫胸國的人胸前都有一個圓圓的大洞，一直貫通背部，看樣子雖然不很雅觀，但據說倒有一宗實際的用處，就是出門坐轎，只要用一根竹槓，當胸一貫，兩個人抬了走，既方便，又平穩，是很難得的。

從貫胸國再向東走，就到了交脛國，交脛國的人，腳脛都是彎曲而互相交叉的。一拐一拐地走路，樣子很難看，但他們卻以為是很自然，看見直着腳走路的人反而覺得詫異了。

再向東去便是不死民的部族，這地方的人民都是黑皮膚。附近有一座山，叫員邱山，山上長有不死樹，吃了不死樹上結的果子，就可以不死；山下又有一個泉，叫赤泉，喝了赤泉裡的水，也可以長生；所以這裡人人都長生不死。

再往東走就到岐舌國，岐舌國又叫反舌國，據說這國裡的人舌頭都是向着喉嚨倒轉生的，因此他們說話極特別，只有他們自己懂，外人簡直莫明其妙。

岐舌國的附近是豕喙國和鑿齒國。豕喙國的人嘴像豬；鑿齒國的人從嘴裡吐出一隻足長三尺的牙齒來，一直掛到下巴下；他們這副醜嘴臉誰也不敢領教。

再向東走就到了三首國，三首國的人一條身子三個腦袋，模樣也極怪異可怕。

再向東走一點，就到了有趣的僬僥國來了。僬僥國的人，一個個都很矮小，三尺長就要算是高個子了。和我們一樣的穿衣服，戴帽子，斯斯文文；住在山洞裡。人聰明，能造作各種靈巧的東西。平常也耕田種地，但在耕種的時候，卻有一樁苦處，就是怕被那兇惡的白鶴來把他們吃掉；多虧附近大秦國的人常來幫助他們趕白鶴，才能平安的工作下去。

再東去就是長臂國，這國裡的人手臂極長，有說一直垂到地；有說長到三丈。常在海邊捕魚；三丈長的手臂，做這種工作當然是很方便的。所以常見他們雙手同時從海裡各捉得一尾活潑鮮跳的魚出來。

南方海外的國家到這裡便算是經過完，現在再從東南地區到東北地區看看東方海外的國家是怎樣——

為頭的一個，在東南地區的，就碰見了大人國；大人國的人身體高大，有一個大人正坐在那裡削船，另一個大人則蹲在一座平頂的山巖上，張開他的兩條手臂。

往北走便是君子國，君子國的人衣服帽子都穿戴得整整齊齊，腰間掛着寶劍，每人使喚兩匹大老虎做他們的僕人。大家都謙讓有禮，一點沒有爭端。老虎也像我們家裡養的貓狗一樣，馴良得很。所以到了君子國的街市，雖然只見滿街的人和老虎來來往往，卻從不發生甚麼亂子。

再往北走便是青邱國，青邱國的人吃五穀，穿絲帛，和我們並不兩樣。只是這國裡出產一種狐狸，四隻足而九條尾巴，卻是很奇特的。

青邱國的北方，是黑齒國，這國裡的人都以牙齒黑為美，特別用染料把本來是白色的牙齒染做黑色，所以個個都是黑牙齒。吃稻和蛇；常有一條紅蛇和一條青蛇在他們的旁邊。

再向北方走，經過湯谷，便到了玄股國。這國裡的人生得很奇怪，從腰部以下的兩條腿，全是黑的。因為住在海邊，便拿魚皮來做衣服，拿一種叫做“鸓（音憂）”的水鳥來做糧食。

再朝北走是毛民國，毛民國的人臉上身上都長着硬毛，好像豬，形體短小；住在山洞裡，終年不穿衣服。

再朝北走，東方海外的最後一個國家，是勞民國，勞民國的人，手足面孔全是黑的，看他們的樣子，都是慌慌張張的，站着坐着都不安定；一點事沒有，卻顯得忙碌極了，所以才有人叫他們做"勞民"，漸漸大家都這麼叫，就成為這一國的稱號。他們吃草樹上的果實。有一種兩頭鳥，生長在這裡。

現在再從東方轉到北方來，看看北方海外國家的情形——

在東北地區開始的一國，是跂踵國，這一國的人身體高大，足也大；最特別的，是他們單用五個足趾頭走路，不用足跟，所以叫他們做"跂踵"。又有説他們的足是反轉生的，假如他們向南方走路，足跡看起來卻正向着北方，所以又叫他們做"反踵"。到底怎樣，還需要我們親自去看看才能知道。

向西走就到了拘纓國。據説這國家的人隨時都用手把握住下巴上的"纓"，就是帽帶，彷彿很怕風把帽子吹掉一樣。這情形是很滑稽的。我們想"拘纓"大約實在應該寫做"拘癭"癭就是一種肉瘤，多半長在頸部，大的竟有糖缸那麼大，這累贅的東西在頸上盪來盪去，自然很不方便，需要隨時拿手去將它扶住。這樣解釋似乎比較更近情理。

再向西走便到博父國，"博父"就是"夸父"，也就是從前和太陽賽跑的那個巨人夸父的後代子孫。這國的人身體都極長大，右手握一條青蛇，左手握一條黃蛇。

博父國的前國是聶耳國，聶耳國人都長着一對極長的耳朵，一直垂到肩膀下面，走路時候須用兩隻手握住它們。每人使喚兩條花斑老虎做僕人。他們的耳朵既是這麼長，我們想假如為了方便，倒可以當抹布或面巾用的。

再向西走便是無腸國，這國的人，人都很高大，可是肚裡卻沒有腸子，吃下的東西一直通下去，並沒有十分經過消化，就排泄了出來。所以後來寫小說的人猜想這排泄物也許還可吃，就假設無腸國的人分有幾等，低一等的人都吃高一等人的排泄物，一直到最後給狗吃了為止。這種諷刺也未免太惡謔了。

再向西去便到了深目國，深目國的人都只有一隻手一隻眼睛，眼眶極深。

深目國的西方是柔利國，“柔利”也叫“牛黎”或叫“留利”，一國的人都沒有骨頭，而且都只有一隻手一隻腳，手和腳都軟軟地像一段肉帶樣地彎曲向上方。

再西一點就到一目國。一目國的人只有一隻眼睛，長在臉的正中央。

再向西方去，在西北地區的盡頭，就是無脊國了。無脊國的人據說沒有“肥腸”，所謂“肥腸”，就是“腨腸”，就是“腓腸”，也就是我們叫做“膀肚子”的小腿上的那一部分肌肉，這樣說來，無脊國的人都沒有小腿肚了。但又說他們沒有男女的分別，不能生育兒女，這和小腿肚是發生不了關係的。所以“無脊”大約正應該作“無啟”或照《淮南子》作“無繼”。“無啟”、“無繼”就是沒有後嗣的意思。沒有後嗣又怎麼還能夠有國家呢？原來他們住在洞窟裡，生活簡單，拿泥土來當飯吃。死了就埋在地下，心房跳動並不停止，過了一百二十年之後，又能復活，從泥土裡爬起來重新享受人生的樂趣。就像這樣活了又死，死了又活，所以雖然沒有後嗣，國家卻照常興旺。

北方的國家遊歷過，現在再來看看西方有些甚麼國家——

從無脊國再往西方，就到長股國，長股國又叫長腳國。這一國的人腳都極長，有說長到三丈多，更有說還看見長腳國的人背了長臂國的人到海中去捉魚。不管是否真確，這種光景我們想想，多麼值得人羨慕呢！

從長腳國轉向南方，就到天民國、肅慎國，這兩個國家的情況怎樣，古書無考，猜想不出來，只得讓它跳過去。

再走向南方一點，就到白民國。白民國的人全身都是白的，連頭上披的頭髮也是白的。國裡出產一種走獸，叫“乘黃”，樣子像狐狸，背上長有兩隻角，跑起來飛也似的快，所以又叫“飛黃”：若是人有福氣能騎牠，壽命可望長到二千歲。

再向南方，就到了沃民國，沃民國的人用不著勞苦耕種，因為郊野裡遍地是鳳鳥生的蛋，可以當做糧食，又還有從天上降下來的甘露，可以當做飲料，凡是人類所想嚐的滋味，甘露和鳳鳥蛋裡都具備有了。因此這一片土地，實在是豐饒的土地，沃民國的人民，一個個也都是天之驕子。

越過這一片沃野，向南方去，便到了窮山，這裡便是軒轅國所在的地方，軒轅國的人，人的臉，蛇的身子，尾巴纏在頭上，這副狀貌，是和神差不多了，所以人人長壽，那短命死掉的，也有八百歲。他們大約都是黃帝的子孫。附近有一個方的土丘，名叫軒轅之丘，有四條蛇盤繞在那裡做守衛。凡是射箭的，都不敢向西方射，就因為西方有軒轅之丘，是黃帝威靈所在的地方。

再走向南方，便到了女子國。女子國裡所有的國民都是女子，沒有一個是男人。成了年的少女，到黃池去洗洗澡，就會懷孕。若是生下男孩子，最多三歲便死掉，只有女孩子，才可望長大成人。

再向南方去一點，是巫咸國。巫咸國是一群巫師組織成的國家，他們右手握一條青蛇，左手握一條赤蛇，在登葆山上上下下，採尋藥物。

再南去便是丈夫國，這一國的人通是男子，沒有一個女人。他們衣服帽子都穿戴得整整齊齊，腰間還懸掛着寶劍，十足表現出男子的威武和禮貌。他們一輩子單身，卻每個人都能生兩個兒子。兩個兒子都從他們的形體中生出來，剛生出來時大約還只是影，到影凝成形體時，他們本人就死去了。

丈夫國的南方，有說是奇肱國，也有說是奇股國，奇肱便只有一隻手，奇股便只有一隻腳，究竟不知道那種說法對。又據說這一國的人擅長製造各種靈巧的機械來捕捉鳥獸，又能製造飛車。殷湯時候，他們第一次試飛，到達豫州地方，給反對物質文明的當地政府毀壞了飛車。十年以後才讓他們製造同樣的一架飛回去。由此看來，他們應該只有一隻腳，受了一隻腳的痛苦才想法製造機械來補救這缺陷，也應該不止一隻手，因為一隻手是沒法製造靈巧的機械的；所以我們相信也許就是奇股國。又說他們每人有三隻眼睛，當然，這對於製造機械是用得着的。他們又常騎一種叫做"吉良"的白色花斑馬，這馬有着紅色的鬣毛，頸子像雞的尾巴，眼睛像黃金，又叫"雞斯之乘"，騎了它的，壽命可望活到一千歲。

奇股國的南方是一臂國，這國的人，通是一隻手臂，一隻眼睛，並且連鼻孔也只有一個。國裡出產一種老虎花紋的黃馬，也只有一隻眼睛，卻從甚麼地方多生出一隻手來。

最後，再向南走，在西南地區的盡頭，就是三身國了。三身國的人一個腦袋卻有三個身子。鄰近它的是結胸國，西方的國家於是走完，繞了一個大圈子，又轉回到南方來了。

從結胸國到三身國，一共是四十三國。

禹的結婚

禹治洪水，直到三十歲，還沒有結婚。當他走到塗山（如今浙江紹興縣西北）的時候，他心裡就想："我的年齡已經很大了，應該結婚了。將要有甚麼東西來顯示我罷？"果然，就有一匹九條尾巴的白狐狸來到禹的面前。使禹想起當地民間流行的一首歌謠，大意說："誰見了九條尾巴的白狐狸，誰就可以做國王；誰娶了塗山的女兒，誰就可以使家道昌盛。"禹便娶了一個塗山的女兒做他的妻，名叫女嬌。他們便在台桑這地方結了婚。

禹變黃熊通轘轅山

結了婚的禹，也並不便坐在家裡享幸福，還是在外面勞碌奔波。他的新婚夫人也跟着他在一道。有一次為了治洪水，要打通轘轅山，急切間想不出辦法，禹只得搖身一變，化做一頭熊，想用自己的力量鑿山開路。不湊巧被他的太太塗山氏看見了，她不

料自己的丈夫竟是一頭熊，慚愧得趕快回身逃走。禹也
跟着她的後面追趕來，想向她解釋解釋誤會。大約慌忙
中忘記了變還原形罷，禹的太太看見追趕來的還是一頭
熊，心裡更是慚愧和害怕，腳下也就更加跑得快。他們
這樣一逃一追，一直就跑到了嵩高山的山腳下。禹的太
太急得沒法，也就搖身一變，化做了一塊石頭。禹見太
太化做石頭不理他了，又急又氣，便向石頭大叫道：
"還我的兒子來"！石頭便向北方破裂開，生了一個兒
子名叫"啟"；"啟"就是"裂開"的意思。

大樂之野的新歌劇

這位啟，在《山海經》上也很有名，他原是神和人
間女兒所生的兒子，雖不全是神，但也算是一個神性的
英雄了。我們來看看他的狀貌：耳朵上掛兩條青蛇，駕
兩條龍，三層雲簇擁着他；他的左手拿了一把羽傘，右
手握着一個玉環，還有一隻玉璜佩在身上；這儀容是多
麼俊偉！據說他曾經三次乘飛龍上天，到天帝那裡去作
賓客，就把天樂"九辯"和"九歌"偷偷的記下來，帶
到人間，改作了一遍，成為"九招"，也就是"九
韶"，在高一萬六千尺的大穆之野，叫樂師們在那裡開
始第一次的演奏。後來大約因為成績不壞，便又根據這
隻曲子，寫成歌舞劇，吩咐歌童舞女在大運山北方的大
樂之野表演起來。他本人便乘龍駕雲，張傘握環，意態
閒雅地，在那裡看自己的創作在雲煙山樹的縹緲中一幕
幕的展開，想來他還會不知不覺地拿握在手裡的玉環，
敲着佩在身上的玉璜，用以代替樂曲的節拍呢。人間從
此有了新的繁複的音樂，那舊式的，單調的女媧的笙
簧，人們恐怕已經不想再去欣賞了。

禹殺相繇

經過許多困難和辛苦，洪水終於給禹治理平息了，洪水雖平，但還有餘患未盡。原來被禹趕逐跑掉的共工，有一個臣子叫"相繇"的，是一個蛇身九頭的怪物，這怪物最貪暴無饜，九個腦袋，須同時吃九匹山上的食物。而且頂可恨的，是無論甚麼地方給他一噴一碰，便馬上會成為水澤。水澤裡的水，帶着又辣又苦的怪味道，不要說人吃了會送命，就連飛禽走獸也不能在附近一帶生活下去。禹把洪水平息之後，就運用神力，殺死相繇，為民除害。從這九頭巨怪的身體裡流出幾股像瀑布一樣的腥臭的血液來，氣味難聞得很；血液流經的地方，五穀不生，又多水，水也帶着又辣又苦的怪味道，簡直不能住人。禹就把這些地方用泥土來堙塞住，可是堙塞了三次，三次這塊土地都陷壞下去；禹索性就將它來闢做一個池子，各方的上帝就在這裡築起一個台，用以鎮壓妖魔。

禹丈量大地的面積

洪水平息，大功告成；禹要想量一量大地的面積。便命他手下的兩個天神太章和豎亥，一個從東極走到西極，共量得二億三萬三千五百里七十五步；一個從北極走到南極，量得的數目也是一樣；一步不多，一步不少。所以如今我們住居的這大地，在禹那時候，竟是方方的，像豆腐乾似的一塊。三仞以上的洪水淵藪，一共有二億三萬三千五百五十九個，禹早已經用息壤將它們填平了，有的地方更墊了起來，成為四方的名山。

昆侖虛的壯觀

　　禹更把天上的昆侖虛掘下來，放置在大地上。昆侖虛裡有九重增城，高共一萬一千里一百十四步二尺六寸，旁邊有四百四十道門，縣圃、涼風等山都在昆侖虛的閶闔門中。登上涼風山，就可以不死；再登上涼風山上面的縣圃山，就可以有法力，能使喚風雨，再上去就是天庭了，上帝就住在這裡，人若能登上天庭，就可以成神。

禹的死

　　禹平治了洪水，使人民安居樂業，過幸福的日子，人民都感激他的功德，萬國諸侯也都敬畏他，就擁戴他做了天子。他在位的時候，替人民做了許多有益的事。後來他到南方去巡視，走到會稽（就是他從前和塗山氏女兒結婚的地方），生病死了，群臣就把他埋葬在這裡。有說禹並沒有死，只見留下屍骸，他的實在的本

昆侖山

身，卻飛升上天去仍舊成了神。不管怎樣，如今會稽山還可看到一個大孔穴，稱為“禹穴”，據說就是禹埋葬的地方。

息壤的散落處

至於鯀和禹父子倆用來堙塞洪水的“息壤”，據說沒有用完，還剩了一些，散在中國各處：有在湖北的；有在湖南的；有在安徽的；有在四川的；大都傳聞異辭，故神其說，漸漸成了真正的“神話”，涉及迷信，也不值得去記述它了。

禹治水留下的遺跡

禹因治水留下的遺跡，卻有一兩段有趣傳說，略可提提。例如山西和陝西交界的龍門，原是兩匹大山，分跨在黃河的兩岸，形狀好像門扇，相傳就是禹開鑿的。據說江海的魚到一定時候便都集合在龍門下面，跳過去的便能成龍升天，跳不過的便只好碰一鼻子灰仍舊轉來做魚。又如安徽的桐柏山，據說禹曾經在這裡降伏了一個叫做無支祈的怪獸。那獸形狀像猿猴，額頭高，鼻樑低，白腦袋，青身子，牙齒雪亮，眼睛閃耀出金光；力量大過九隻象，身子卻伶俐輕便，善於興波作浪，使禹治水的工作受了很大阻礙；禹兩次派手下的天神去制服他都失敗了，後來派了庚辰去，才將他生擒活捉住。用大鐵索鎖在他的頸上，鼻孔上又給穿了金鈴，鎮壓他在淮陰縣的龜山足下，淮水從此才能夠平安地流入海中：這都是禹的功苦勞績，人民當然會永遠感念他的。

趣味重温

洪水滔天

一，你明白嗎

1. 除了禹，還有誰曾經治理過洪水？

a. 舜

b. 黃帝

c. 堯

d. 鯀

2. 在神話中，禹的出世十分傳奇，他從 _a_ 的肚子鑽出來，化成 _b_ 。

a. 堯 / 舜 / 鯀

b. 龍 / 熊 / 虎

3. 禹遊歷過的四十三個國家，那裡的人都是奇奇怪怪的，以下是部分國民和他們的特徵，試作配對。

長臂國 •　　• 那裡住着從前與太陽賽跑那巨人夸父的後代子孫。這國的人身體都極長大，右手握一條青蛇，左手握一條黃蛇。

焦僥國 •　　• 國民面孔全是黑的，樣子都是慌慌張張的，站著坐著都不安定，一點事沒有，卻顯得忙碌極了。

貫胸國 •　　• 身體像獼猴，黑皮膚，能從嘴裡吐火。

勞民國 •　　• 國人吃五穀，穿絲帛，和我們沒分別。只是國裡出產一種有九條尾巴的狐狸，很奇特。

厭火國 •　　• 國民的手臂極長，有說一直垂到地，有說長三丈。

青邱國 •　　• 國民的舌頭都是向着喉嚨倒轉生的，因此他們說話很特別，只有他們自己懂，外人簡直莫明其妙。

羽民國 •　　• 國民都沒有骨頭，手和腳都軟軟地像一段肉帶樣地彎曲向上方。

岐舌國 •　　• 國人的胸前都有一個圓圓的大洞，一直貫通背部。

柔利國 •　　• 國民個個都很矮小，三尺長就算很高個子了。

博父國 •　　• 國民都長着長腦袋，身上生有翅膀，能夠飛但飛不多遠。他們和鳥類一樣，是從蛋生的。

二， 想深一層

1. 在神話中，天帝為甚麼狠心降下洪水？

2. 試把以下句子按大地、人和野獸三方面的分類，重現神話中大禹面對的滔天洪水的實況。

在樹梢上做窠巢　　一片汪洋　　沒有居住的地方
抵禦寒冷和飢餓　　對付繁殖增多的禽獸　　田地浸沒在洪波裡
一天天地增多　　一天天減少　　和人爭地盤
死在禽獸的爪牙之下　　五穀全被淹壞
扶老攜幼、東西漂流　　爬上山找洞窟藏身
佈滿在水退去或未被淹沒的地　　草木卻長得極茂盛

人	野獸
大地	

3. 神人境遇跟人一樣，也會有不少挫折和麻煩。禹治理洪水不是一帆風順，既要治水，還要應付人事問題。以下如<u>不是</u>他要應付的人事問題，請填 √ 號。

   a. 上帝見禹治水有方，深得民心，恐怕危及他的地位，有心留難他。（ ）

   b. 上帝見禹立志治水，便正式任命他擔任平治洪水的工作。（ ）

   c. 水神共工本是上帝派來降洪水的，眼見上帝改變主意，派禹來治水，感到十分氣憤。（ ）

   d. 共工一怒之下，就跟禹作對，把洪水 "振滔" 起來，淹死很多人。（ ）

   e. 禹為了要除去搗亂的共工，招集天下群神來幫忙，偏偏防風氏不受約束。（ ）

4. 人要疏導河川，就要用人或機器挖深河道。那麼神話中的禹怎樣疏導河川？試簡單解釋。

三， 延伸思考

1. 鯀因偷 "息壤" 而被黃帝殺於羽山。你同情鯀還是支持黃帝？為甚麼？

2. 你認為共工和禹搗亂這件事的發生，誰要負最大責任？

3. 就你所知，世界上還有哪些民族的神話都有記載過大洪水？你認為遠古時代是否曾經有過大洪水？

4. 假設你可以隨着禹遊歷九州萬國，你最喜歡哪一國？為甚麼？

為甚麼世界各族都有神話時代？
神話有甚麼意思？

　　這需要從遠古人類的生活開始談起了。原始人最初不過是介於半人半動物的情狀，生活並不容易。那時候的原始人對自己、對自然都無甚麼認識。經過漫長的時間，原始人才開始對自然環境產生一些簡單的看法。隨着腦袋愈來愈發達，原始人就愈來愈聰明，透過想像，為周圍世界幻想出很多超自然的東西來，例如神靈和魔力；又對大自然的各種現象如日月、大火等產生驚奇的感覺。對於這些驚奇的現象，原始人當然不能夠得到科學的解釋了，自然都以為它們是有神靈的東西，因此就把太陽呀、月亮呀、動物呀當做神來看待。從此，原始人在混混沌沌的觀念之中，就創造了神話和宗教。

　　世界上各個民族的遠古祖先，都經歷過這樣一個蒙昧混沌的時期，因此也同樣產生出多彩多姿的神話時代。

　　有人說，神話這些古老的故事有甚麼意思？為甚麼我要了解或研究這些天馬行空的東西？

　　神話就好像人類兒童時代的產物，讓我們可以知道古代人的思想是怎樣形成，他們是怎樣看這個世界的創造的。因此研究神話，就讓我們更懂得怎樣熱愛生活和人類。

如果比較一下各民族的神話，就會發現各民族的遠祖都會共同關心的東西，例如世界的起源、人的創造、生活環境及帶來的困難，以至各種生活模式。初民難以弄明白的情況，往往就用自己的想法來加以解釋。因此形成各民族多姿多彩的神話細節。由此可見各民族的思想的共同性，這也是十分有趣和值得研究的。

　　而且，神話富於趣味和幻想力，因此對於藝術和文學領域，都有很大的影響。觀乎西方藝術館裡的絕世雕塑和繪畫，大都是以希臘羅馬神話為題的。中國殷周時代的鼎彝，多有饕餮、龍、鳳、蛟的畫像，都富於神話意味；大詩人屈原的〈離騷〉、〈天問〉也多取材神話。還有埃及的壁畫、印度的史詩，都充滿神話元素。神話中超然的想像力和創造力，一直影響古今文學、藝術、建築或音樂等各個領域，也使我們的生活增添不少優美和多姿的元素。試想沒有創意澎湃的文藝作品，我們的生活是多麼乏味啊！

　　因此，誰說了解和研究神話是沒有意思呢？

畫中伏羲女媧人首蛇身，下尾相交。女媧手中拿規，伏羲手中拿矩，古人傳說天圓地方，而規矩可畫方圓，因此象徵二者是開天闢地之人。

神話中有無歷史？

　　神話裡充滿了荒誕離奇的故事和人物，例如中國神話說，天地是由盤古這神人開闢的、人是由女媧用泥土造的。希臘羅馬神話中，太陽神阿波羅每天用馬車把太陽載出來，奔馳天際，為大地帶來光亮；天神宙斯為懲罰普羅米修斯兄弟盜天火，造了第一個女人潘朵拉，誰知她打開了一個滿載害人精的盒子，就為世界帶來無窮災難。凡此種種離奇的故事，在世界各族的神話中都有。

　　這樣看來，神話大概都是子虛烏有，脫離歷史事實的吧？其實，神話雖不是歷史，卻是歷史的影子。

　　這話如何說起呢？就拿神話中的大洪水來說吧。很巧合，世界不少民族的神話都不約而同地記載遠古的大洪水。希臘羅馬神話和猶太傳說中，都記天神眼見人類罪惡滔天，怒不可遏，決定用洪水淹沒大地。中國漢族神話固然有記大洪水，甚至中國很多少數民族的神話也都記大洪水，如湘西和川南的苗族、廣西融縣羅成瑤族、雲南傈僳族、海南島加釵峒黎族、台灣阿眉族等等。

　　學者一致認為，世界神話都不約而同地講到遠古曾發生大洪水，應是源於真實發生過大水災的記憶。因此神話能折射出古代的歷史影像。

　　除了自然環境之外，遠古人類的社會情況，也或多或少在神話中反映出來。未變成男性主導的父系社會前，人類普遍都經過母系社會階段，即是社會由婦女來治理、來當家作主，由女兒來繼承世系和財產。在中國，尤其是黃河、長江流域的母系氏族社會發展至高峰期的時候，神話中就出現了不少女神，如女媧、羲和、西王母等。到後來父系社會建立後，神話中又出現了很多男性的人物。父系社會時，有一陣各個氏族合併，形成部落，部落間常常爭戰，黃帝蚩尤大戰的神話就是這種部落戰爭的故事。

　　還有，古時的生活模式也可以從神話中窺見，例如以狩獵為生的部落就有狩獵的神話，以農業為生的部落就有農耕生活的神話，只要看看后羿的神話，神農氏的神話就可知一二了。

　　總之，神話的出現與先民的生活有密切關係，不是出於人類腦袋裡面的空想。

這幅新石器時代的岩畫，畫了三個獵人並排於右，執弓瞄準老虎、野羊等獵物，動物驚慌逃走。這正好與神話的狩獵故事相印證。

參考答案

趣味重溫：混沌世界

一，你明白嗎

    1.

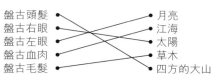

盤古頭髮 ●   ● 月亮
盤古右眼 ●   ● 江海
盤古左眼 ●   ● 太陽
盤古血肉 ●   ● 草木
盤古毛髮 ●   ● 四方的大山

    2. c
    3. b
    4. a. (√)
       b. (√)
       c. (√)
       d. (√)
       e. (√)
       f. (√)

二，想深一層

    1.

西王母神話演變記

	她的外貌或表現是怎樣的？	她是怎樣的一個神？
西王母的本像	b	b
變化	c	c
後來的形象	a	a

    2. a (√)
       b ( )
       c (√)
       d ( )
       e (√)
    3. 精衛不忿大海奪去牠前生的生命，誓要填塞滄海，不斷向大海投下小樹枝和石子。牠那堅強的氣概叫人欽佩，因此被稱為"誓鳥"或"志鳥"。

三，延伸思考
    (此部分不設答案，讀者可自由回答。)

趣味重溫：帝王傳說

一，你明白嗎
    1. b

2.

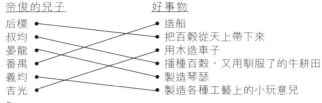

帝俊的兒子	好事物
后稷	造船
叔均	把百穀從天上帶下來
晏龍	用木造車子
番禺	播種百穀，又用馴服了的牛耕田
義均	製造琴瑟
吉光	製造各種工藝上的小玩意兒

3. c
4. (1) a. 夸父族人；b. 傻氣
   (2) a. 玄女；b. 兵法
5.

排列次序	成員	負責工作
最前	畢方鳥	打掃道路上的塵埃
其次	六條蛟龍	在前面開路
第三	蚩尤及一群群的虎狼	為黃帝駕駛車子
第四	其餘的鬼神	
(黃帝車後)		
第五	雨師和風伯	

6. (1) a 人的臉　　b 白白　　c 金鑠　　d 佩玉的叮噹
      e 豹子的花紋　　f 小小　　g 妖媚
   (2) a 兩乳　b 肚臍　c 盾牌　d 板斧　　e 揮舞不息

• 129

二，想深一層
   1. 傳說舜死去後，他住在湘水一帶的妃子傷心極了，淚灑竹林，使竹子
      佈滿了點點淚痕，這些帶有斑點的竹子就叫做"湘妃竹"。
   2. 傳說鳳鳥出現在世間，就會為天下帶來太平。孔子生於亂世，因此便
      慨歎"鳳鳥不至"。
   3. (1) 善於製造各種兵器，如矛、戟、斧、盾、弓箭等。(2) 具有超人類
      的神力，就是能作大霧。(3) 有七八十個銅頭鐵額的弟兄。(可答其中
      一項)
      黃帝有謀略，故最終能勝蚩尤。
   4. 因為形天雖遇失敗，還能夠奮鬥不懈。

三，延伸思考
   (此部分不設答案，讀者可自由回答。)

趣味重溫：上古英雄

一，你明白嗎
   1. a. 羲和
      b. 湯谷
      c. 扶桑樹
   2. a
   3. c
   4. b
   5. 羿和嫦娥兩夫婦，及河伯和宓妃兩夫婦。
   6. a. 凶猛的鳥
      b. 鷹、鵰、鵰等　（可選其中一個答案）

二， 想深一層
1. 羿的妻子嫦娥。因為天帝革除羿和妻子嫦娥的神籍，成為凡人，嫦娥整天抱怨責怪羿，因此羿心裡很痛苦和憂鬱，生活便變得墮落。
2. 因為河伯化為白龍，暗探羿與宓妃幽會，更引起洪濤淹死了許多無辜的人，因此被羿射瞎了眼睛。
3.

a. 即使一隻小雀子飛過他面前，他也準會把牠射落下來。	象聲、動態
b. 當羿彎弓搭箭，準備射出去的時候，連居住在海濱，一向不會射箭的越人也爭着替他拿箭靶子。	直接交代
c. 只聽得颼颼颼的箭聲，太陽就一個個被射下來。	透過別人的行動側面襯托

4. a一片影子　b烤焦　　c熔化　　d禾苗　　e差一點就會沸騰
　　f斷絕　　g發瘋了

三， 延伸思考
(此部分不設答案，讀者可自由回答。)

趣味重溫：洪水滔天

一， 你明白嗎
1. d
2. a. 鯀
　　b. 龍
3.

長臂國	那裡住着從前與太陽賽跑那巨人夸父的後代子孫。這國的人身體都極長大，右手握一條青蛇，左手握一條黃蛇。
焦僥國	國民面孔全是黑的，樣子都是慌慌張張的，站着坐着都不安定，一點事沒有，卻顯得忙碌極了。
貫胸國	身體像獼猴，黑皮膚，能從嘴裡吐火。
勞民國	國民都以牙齒黑為美，特別用染料把本來是白色的牙染做黑色，因此個個都是黑牙齒。
厭火國	國民的手臂極長，有說一直垂到地，有說長三丈。
黑齒國	國民的舌頭都是向着喉嚨倒轉生的，因此他們說話很特別，只有他們自己懂，外人簡直莫明其妙。
羽民國	國民都沒有骨頭，手和腳都軟軟地像一段肉帶樣地彎曲向上方。
岐舌國	國民的胸前都有一個圓圓的大洞，一直貫通背部。
柔利國	國民個個都很矮小，三尺長就算很高個子了。
博父國	國民都長着長腦袋，身上生有翅膀，能夠飛但飛不多遠。他們和鳥類一樣，是從蛋生的。

二， 想深一層
1. 因為卜方人民不信正道，做種種惡事，觸怒了天帝，這才特地降下洪水來警告世人。

2.

人	野獸
扶老攜幼、東西漂流　　爬上山找洞窟藏身 在樹梢上做窠巢　　抵禦寒冷和飢餓 對付繁殖增多的禽獸　　一天天減少 死在禽獸的爪牙之下 佈滿在水退去或未被淹沒的地	一天天地增多 和人爭地盤

大地
一片汪洋　　沒有居住的地方　　田地浸沒在洪波裡 五穀全被淹壞　　草木卻長得極茂盛

3. a. (√)
   b. (√)
   c. (　)
   d. (　)
   c. (　)

4. 禹叫應龍走在前面，拿牠的尾巴畫地，應龍尾巴指引的地方，禹所開鑿的河川的道路也就跟着它走，一直流向東方的大海。

三， 延伸思考
(此部分不設答案，讀者可自由回答。)